あやかし鬼嫁婚姻譚3

～運命を変える鬼の深愛(しんあい)～

朧月あき Aki Oboroduki

アルファポリス文庫

https://www.alphapolis.co.jp/

目次

第一章　妖狐の子

三足鶏の、コココ……という鳴き声で里穂は目を覚ました。

あやかし界は、そろそろ朝を迎えるらしい。

（そうだわ。厨房に行ってお手伝いをしないと）

起き上がろうとしたものの、逞しい腕が伸びてきて、あえなく布団に引き戻される。背中からがっちり抱き込まれ、身動きが取れなくなった。

「こんな朝早くから、どこに行く?」

視界の端で、サラリと赤い髪が揺れた。首筋に吸いつくようなキスをされ、朝に似つかわしくない甘美な空気が流れる。里穂は、思わず顔を赤らめた。

「朝餉の支度を手伝おうかと……。今日は昼から宴があるので、そちらの準備もしなくてはいけませんし、人手が足りないはずです」

「お前は后なのだから、そのような仕事はしなくていい」

「ですが――」

反論しようとしたところで、くるりと体をひっくり返された。

端整な顔立ちが、逃がすまいとするように目の前に迫ってくる。燃えるような赤い瞳に捕らえられ、完全に身動きがとれなくなった。

あやかし界の帝である彼――朱道は、冷酷な鬼の君主として、皆に恐れられている。殊にその鋭い目つきは、視線を向けられるだけで命を落とすとまで噂されていた。だが、里穂を見つめる眼差しだけは日頃から砂糖を溶かしたように甘ったるい。

とりわけ、こんなふたりきりの時間は。

「后であるお前の仕事は、俺を愛することだ」

甘い声に鼓膜を揺さぶられ、唇を重ねられた。

早く起きなければと気が急きつつも、何度も口づけをされているうちに抗えなくなる。さんざんキスの雨を浴びせられたせいで熱に浮かされたようになり、起き上がる気力を完全に失った。

「里穂、俺を愛しているか？」

首筋に顔を埋めた朱道が、うめくように問う。

里穂の気持ちなど分かっているだろうに、朱道は、こうして定期的に確認してくる。

切実に里穂の愛を求める姿は、まるで愛に飢える孤児（みなしご）のようで、あの酒呑童子（しゅてんどうじ）を倒し、広大なあやかし界を手中に収めた偉大なる帝とは、到底思えなかった。

そんな一面を持つ彼が、里穂は愛しくて仕方ない。

「はい、もちろんです」

朱道の柔らかな赤い髪をすくようにして、優しく撫でる。

首筋に、フッと笑うような息がかかった。

「俺も愛している。この命を捧げても惜しくないほどに」

照れているのか、頬に寄せられた額が熱い。

そうして里穂は、この大きくも子供のような鬼が飽きるまで、好きなようにさせたのだった。

あやかし界と人間界。

この国は、異なる二種類の世界から成っている。

その昔、ふたつの種族は互いの世界を行き来し、うまく共存していた。

だが、次第にあやかしと人間はいがみ合い、長い年月にわたって互いに傷つけ合うようになった。大がかりな争いはないにしても、わだかまりを抱くには充分な出来事と期間だった。

その後、三百年ほど前に、ふたつの種族は、互いの世界での悪行を一切禁じるという約束を交わす。

里穂はそのときの約束のひとつとして、あやかし界の帝である朱道に捧げられた花嫁だ。

自分はあやかしに捧げられた生贄（いけにえ）だと勘違いするなど紆余曲折（うよきょくせつ）はあったものの、こうして彼と深く愛し合うようになり、祝言を挙げて半年の歳月が流れた。

「りほさま、おはようにゃ」

「おはようブ～、抱っこだブ～！」

「りほさま、オイラも抱っこ！」

猫又の子に、豚吉（とんきち）、三つ目の子。

朝餉(あさげ)後に向かった保育室代わりのいつもの和室で、里穂は今日もあやかしの子供達に大人気だった。

里穂は、御殿で働くあやかしの子の世話を相変わらず続けている。子守りの時間は、子供好きな里穂の癒(いや)しのひとときでもあった。

「今日はお土産があるのよ」

そう言って〝毛羽毛現(けうけげん)そっくりボール〟を取り出す。子供達の玩具(おもちゃ)にしたらいいと、朱道が贈ってくれたものだ。

思ったとおり、子供達は大喜びだった。

「これ、売り切れ続出の人気グッズだブ～！　手に入るなんてすごいブ～！」

「噂どおり、ものすごくよく跳ねるにゃ」

「ねえ、お外でこのボールで遊ぼうよ！」

盛り上がる子供達を連れて和室を離れ、鶏舎付近に移動する。御殿の外れに位置するそこには、ボール遊びをするのにちょうどいい、原っぱのような広場がある。

「とんきちっ！　ちゃんとボールを受けるにゃ！」

「高いブ～！　捕れないブ～！」

「あーあ、ボールがどっかに行っちゃうよー！　なかなか手に入らないレアグッズなのに、失くしちゃダメだよー！」

里穂は岩に腰かけ、ボール遊びをしている三人を微笑みながら見守っていた。

朱道がくれた玩具（おもちゃ）で子供達が楽しそうに遊んでくれるのは、格別嬉しい。

「ボールあったブ～！　よかったブ～！　投げるぞ～！」

「モフンッ⁉」

「ちがうにゃ！　それはほんもののモジャだにゃ！　ボールはあっちにゃ！」

豚吉に投げられそうになった毛羽毛現のモジャが、大急ぎで里穂の方へと跳ね寄ってくる。

「モッフ～！」

助けて～！　と言わんばかりに、胸にもふんと飛び込んできたモジャを、里穂はぎゅっと抱きしめた。

毛羽毛現の子供であるモジャは、里穂に拾われてからというもの、御殿のマスコットのような存在になっている。そして、ピンチのときに頼りになる、里穂のかけがえのない相棒でもあった。

「里穂様。こんなところにいらっしゃいましたか」

豚吉の母親がやってきた。

豚吉そっくりの彼女は、今ではあやかし界における、里穂の一番の女友達でもある。

「あっ、豚吉くんのお母さん。今朝は厨房のお手伝いに行かなくてごめんなさい。宴の準備もあるし、大変だったでしょう？」

「大丈夫ですよ。里穂様はお后様なのですから、下女のようなことはなさらなくていいのです。宴の準備はあらかた終わりましたので、ご安心ください」

豚吉の母親が、いつものようにおおらかな笑みを浮かべる。

里穂はホッとしつつも、自分がいなくても事が回ることに、一抹の寂しさを感じた。

――ここでは、皆が里穂と親しくしてくれる。

殊に祝言を挙げて正式に后になってからは、宝物のように丁重に扱われていた。

虐げられて育った里穂にとって、最愛の夫にもあやかしの民にも大事にされる今の生活は、夢のように幸せだ。

だが実際のところ、后として、あやかし界に何ひとつ貢献できていない。このままでいいのかという思いは、いつも胸の奥にくすぶっていた。

「それに体調のこともありますし。くれぐれもご無理なさらないでください。子守をしていただけるだけで、本当にありがたく思っております」

豚吉の母親が、申し訳なさそうに言う。

里穂には、〝惚気(のろけ)の才〟と呼ばれる生まれつきの力がある。

それは、想い人を窮地から救う、類稀(たぐいまれ)なる異能だ。その一方で、あやかしの異性を意図せず惹きつけてしまい、寄せられる想いが負担となって、体調を損なう弊害(へいがい)もあった。

「体調は、もう問題ありません。朱道様が南方から持ち帰ってくれた薬が、本当によく効いているので」

「左様ですか。それをお聞きして安心いたしました」

ホッと表情を緩めたあとで、「そういえば」と豚吉の母親が何かを思い出したように言った。

「雪成(ゆきなり)様が里穂様を捜しておられましたよ」

「雪成さんが？」

「はい、いつもの和室のあたりをうろうろされていました。ひどくせわしないご様子でしたので、行かれた方がいいのではないでしょうか？　子供達は私が見ていますので、ご安心ください」

（雪成さんはいつもせわしないから、大したことじゃないような気もするけど）

だが、万が一ということもある。

「ありがとうございます、豚吉くんのお母さん。ではお言葉に甘えてそうしますね」

里穂が戻ると、落ち着きなく廊下を行き来している雪成に出くわした。

里穂を見るなり、雪成はぱあっと顔を輝かせる。

「お后様、捜していたのですよ！　どこに行ってたんですか⁉」

銀の髪に銀の瞳を持つ彼は、朱道の幼馴染であり側近を務める鬼だ。

黙っていれば美形なのに、口を開いたとたんに持ち前の頼りなさが露呈する、少々残念な男だった。とはいえ人当たりのいい彼は、誰からも好かれ、偏屈な主とは対照的に交友関係が広い。

「鶏舎の方で子供達と遊んでいました。雪成さんが私を捜していたって聞いたのですが」

「そうなんです！　至急、お部屋にお戻りください〜！」

さあさと背中を押され、弾むような足取りの雪成に自室に連れていかれる。

部屋に入るなり、里穂は唖然とした。

部屋の真ん中に衣紋掛けが置かれ、見るも艶やかな振袖が飾られていたからだ。

上質な紅色の生地一面に散らばる、色とりどりの花模様。まるで金平糖のようなその模様はすべて金駒刺繍で彩られ、華やかさをよりいっそう際立たせている。そのうえ、そこかしこが金箔でふんだんに装飾されていた。ひと目で一級品と分かる贅沢な代物だ。

隣で、雪成が得意げに鼻を鳴らしている。

「もうすぐ学校で、卒業式とかいう宴があるそうじゃないですか。だから呉服屋の女主人に頼んで、着物を仕立ててもらったんです。卒業式の際は、ぜひぜひこちらをお召しになってくださいね！　僕って、気が利くと思いません？」

「卒業式で、これを着るのですか……？」

里穂は尻込みした。

袴ならまだしも、卒業式に振袖は絶対に悪目立ちするだろう。

人間界の慣習に詳しくない雪成は、卒業式というものを勘違いしているようだ。

そもそも、里穂の学校は卒業式には制服で参加することが決まっている。

これほどのものを用意してもらって恐縮だが、断らないわけにはいかなかった。

「せっかく仕立てていただいて申し訳ないんですけど……。うちの学校は、卒業式には制服で参加しないといけないので、こちらは着られません」

「ええっ!!」

雪成が、角が外れそうな勢いでショックを受けている。

「そんな殺生な！　主上が喜びますし、着てくださいよ～！　お后様が着飾った姿を見た日の主上はそれはもうご機嫌で、この間なんか賃金アップ交渉にふたつ返事で応じてくれたんです。お后様にデレデレの主上の一声で、御殿中の河童の皿をすべて最高級天然水でうるうるにして、河童達に泣いて喜ばれたこともあるんですから！　あやかし界を平和にすると思って、なにとぞ!!」

しつこくすがりつく雪成。

「それでも、着られないものは着られません」

里穂は、断固として譲らなかった。

「そうですか……」

雪成がシュンと肩を落とし、とぼとぼと部屋から去っていく。

ひどい落ち込みようだが、彼のことだ。十分後にはけろっとしていることを、里穂は確信していた。

(そういえば、もう卒業なのね)

静かになった部屋で、里穂はしみじみと感慨にひたった。

十七歳の誕生日の夜にあやかし界に来てから、いつの間にか、もう一年以上が過ぎている。

月日が経つのは早いものだ。

一方で、果てしなく長い、濃密な一年だったようにも思う。

今ではもう、自分の居場所は人間界ではなくこちらだということを、里穂ははっきりと自覚していた。

三月某日。

里穂は無事、卒業式を迎えた。

良家子女ご用達のこの高校には、入学してしばらくは嫌な思い出しかない。義妹の花菱麗奈は学校でも里穂を執拗にいじめてきたし、義弟の煌には陰で下僕のように扱われた。親友の亜香里の存在だけが、里穂の心の拠り所だった。

けれどもあやかし界に行く際に一度退学し、その後、朱道の用意してくれた伝手で再度入学してから、学校生活はガラリと変わった。いじめもなくなったし、新しく友人もできた。こんなにも後ろ髪を引かれる思いで卒業式を迎えるとは、入学当初は夢にも思わなかった。

人生、何が起こるか分からない。

「うわ～ん！　里穂、卒業おめでと～！」

卒業式が終わり、生徒達がグラウンドで別れを惜しんでいる中、亜香里が里穂のもとに駆け寄ってきた。

いつも落ち着いている彼女にしては珍しく、大泣きしている。

つられて、里穂もほろりと泣いてしまった。

「うん。亜香里もおめでとう」

ふたり、泣きながらひしと抱き合う。

すべてが敵だった頃、この世で唯一、里穂の味方でいてくれた亜香里。

花菱家で理不尽な仕置きを受け、屋外に放り出されたときも、何度も助けに来てくれた。雪がちらつく極寒の夜ですら……

「亜香里がいなかったら、私、絶対に卒業できていなかったと思う。亜香里がいたから頑張れたんだよ。今まで本当にありがとう」

涙ながらにそう言うと、亜香里がまた泣きそうに口元を震わせる。

「それは言いすぎよ、里穂」

亜香里はそう言うが、決して言いすぎではない。あやかし界に生贄(いけにえ)として捧げられた際、里穂は強制的に学校を退学させられた。生贄(いけにえ)が人間界側の勘違いだと分かり、事が落ち着いたのちに再入学しようと思えたのは、亜香里がいたからにほかならない。

「私だって、里穂がいたから頑張れたんだよ」

亜香里が涙の残る顔で微笑む。

「里穂、大好き」

「私も大好きだよ、亜香里」

まだまだ肌寒い三月の空の下、ふたりで泣きながら笑い合った。

「里穂。これからは今ほど会えなくなるけど、たまにはお茶しに行こうね」

「朱道様とののろけ話、たっぷり聞かせてね」

「うん、もちろん！」

亜香里が、悪戯（いたずら）っぽい口調で言う。

卒業後、亜香里は地元の短大に進学する。だが里穂は、進学しない。

朱道は好きなようにしろと言ってくれたが、自らその道を選んだのだ。

帝の后として、本格的にあやかし界で役目を果たすためである。

后として自分に何ができるのか、いまだに答えは出ていないけれど。

「どうしたの？　浮かない顔して。自分に后は向いてないって、まだ悩んでるの？」

里穂の一瞬の表情の変化に、亜香里は気づいたようだ。

前に、それについて相談したからだろう。

「うん……」

深刻な顔で頷く里穂を見て、眼鏡の奥にある目を優しく細める亜香里。

「できることを、少しずつやっていったらいいんじゃないかな。どんな小さなことでもいいから」

「そんなことでいいのかな……」

「もちろん！　たとえ些細なことでも、誰かにとってはすごく重要かもしれないでしょ？　后として何かしたいって気持ちを持って行動し続ければ、きっと何かが見えてくるよ。里穂は強い子だから、絶対に大丈夫」

「……うん。ありがとう」

里穂が強いなど、買い被りだ。

それでも亜香里は本気でそう思っているようで、里穂は妙な気分になった。

ちっぽけな自分に何ができるかなんて分からないが、亜香里がそう言ってくれるなら、万事うまくいく気がする。こんなにも里穂の気持ちに寄り添い、心を軽くしてくれる亜香里は、やはりかけがえのない親友だ。

「そういえば、朱道様が校門の前で、終わるのを待ってるんでしょ？　早く行った方がいいんじゃない？」

「そうだった！　そろそろ行くね。必ず連絡するから」

「待ってるよ～」

ひらひらと手を振る亜香里と別れ、里穂はひとり、校門に向かった。

終了予定時刻を大幅に過ぎているのに、朱道が学校の中まで迎えに来ないのは、亜香里との別れを惜しむ里穂を思ってのことだろう。

朱道は強引なようでいて、肝心なところでは誰よりも気を遣ってくれる。

里穂が関係していることなら、なおさらだ。

「……おい」

朱道に会いたくて早足になりかけていたとき、背中から声をかけられた。

あまりにも小さな声だったので、一瞬聞き間違いかと思ったが、振り返った先には煌が立っている。

花菱家に住んでいた頃、見るたびに憂鬱になっていた、癖のある薄茶色の髪と榛色（はしばみいろ）の瞳。

だが里穂を見る目にかつての傲慢（ごうまん）さはなかった。むしろ、怯えた仔犬を彷彿（ほうふつ）とさせる不安げな色が浮かんでいる。

「煌……」

彼に話しかけられたのは久しぶりだ。

自分が朱道の伴侶にふさわしくないと思い悩んでいた頃、里穂は人間界に家出をした。その際煌に出くわし、くじいた足を処置してもらったことがある。

だが、その後気を失った里穂を、煌は放置したらしい。それ以降、学校で目が合うことすらなくなっていた。

彼の行動には一貫性がなく、里穂は戸惑ってばかりだ。

とにかく、今後もあまり関わり合いを持ちたくないと思っている。

自分のためにも、彼のためにも。

そんなことを考えていると、突然煌がガバッと地面に膝をつき、里穂に向かって土下座した。

「何してるの……？」

急なことに驚いて、一歩後退する。

「お前にしてきたことを後悔してるんだ。どうか俺を許してくれないか」

煌が、地面に這いつくばったまま、切実な声を出す。

里穂は瞠目した。

彼のようなプライドの高い人間が、下僕扱いしていた相手に土下座をするなど、到底信じられない。

かつて彼の足元に跪(ひざまず)かされたことがあったが、そのときとはまるで立場が逆だ。

「俺は母さんや姉さんに、子供の頃から死ぬほどかわいがられてきた。叱られたことなんか一度もない。だけど本当の俺は、褒められるような人間じゃない。だからだんだん期待に応えるのがしんどくなってきて、自分より弱い立場のお前をいじめることで、たぶん鬱憤を晴らしてたんだ。……悪いことをしたと思っている」

苦しげに語る煌を、里穂は複雑な気持ちで見つめた。

ひねくれた家庭に生まれた彼の不運には、たしかに同情する。

関わり合いを持ちたくないと思いつつも、ちょっと前にはつっけんどんながらも優しさを見せてきたから、彼の印象が変わりつつあるのもたしかだ。

煌が、悔しげに歯を食いしばる。

「お前にきつく当たられて気づいたんだ。俺はずっと、誰かにダメな自分を叱ってもらいたかったんだって。俺にはお前が必要だ。だから、これまでのことを許してほしい」

里穂は、煌のそのセリフに眉根を寄せた。

（この人は何を言っているのかしら）

つまり、彼は本当の意味で里穂に謝罪しているわけではないのだろう。

すがるべき存在を、母や姉ではなく、里穂に変えただけ。

結局のところは自分を満たすためだ。自分勝手な本質は変わっていない。

やはり、花菱家の人間には今後いっさい関わるべきではない。

もちろん、目の前にいるこの人にも。

「無理です……」

素っ気なく言うと、煌が愕然とする。

追いすがるような目を向けてきた煌から冷たく視線を逸らし、里穂は足早にその場をあとにした。


校門を出ると、黒塗りの車の前に、朱道が立っていた。

人間界に来るときはいつもそうしているように、まがまがしい角を隠している。

それでも長身の体に藍染の着物をすらりと着こなす類稀なる美丈夫は、明るい陽の下で、よりいっそう目立っていた。

「お待たせしてしまい、すみません」

「かまわない。友人とはゆっくり話せたか？」

「はい。おかげさまで」

里穂は、煌とのひと悶着については黙っておくことにした。彼とは今後いっさい関わるつもりがないのだから、無駄に朱道を心配させる必要はない。

「ならばよかった」

朱道が、満足げな笑みを浮かべる。それからまるで壊れ物を扱うように里穂の肩を抱き、車の中へといざなった。

車内でも、朱道は里穂の手をしっかりと握りしめ、離そうとしない。いつも以上に過保護に扱われ、やはり随分待たせてしまったのだなと、里穂は申し訳ない気持ちになる。

通学のためにこの車に乗るのも、今日で最後だ。

この車は、あやかしと関係が深い百々塚(とどつか)家が手配してくれているものだ。再入学してからずっと、こうして車で通学してきた。

見慣れた景色を眺めながらしみじみしていると、朱道がおもむろに口を開いた。

「大学とやらに行かなくて、本当によかったのか？」

里穂以外の同級生はひとり残らず大学に進学することを、どこかで知ったのだろう。基本的に政(まつりごと)以外には興味のない朱道だが、里穂に関することだけは例外で、逐一知ろうとする。

彼の愛情の深さに胸を打たれながら、里穂は頷いた。

「はい、もちろんです。私は朱道様のお嫁さんですから、ずっとあやかし界にいるべきだと考えています」

「お嫁さん？」

なぜかその部分を復唱し、真っ赤になる朱道。

にやつく口元を隠すように掌(てのひら)で覆い、「お嫁さんか……」とまたしみじみつぶやいている。

あやかし界の后として、成すべきことを成さねばならない。そういう決意を込めて答えたのだが、里穂のそのセリフは、図らずも朱道を喜ばせてしまったらしい。

「そうか、そこまで言うなら仕方あるまい。――これからはいつでもお前に会えるのだな」

（それは約束できないけど）

帝である朱道は、有事に備え、なるべく御殿を離れずに生活を送っている。

里穂は后として、彼の代わりに外に出て、直接民に貢献したいと考えていた。

どういった方法かは、今のところまったく思いついていないけれど。

（今はまだ、言わない方がよさそうね）

曖昧に微笑む里穂に、朱道が満面の笑みを向けてくる。

「そういえば、言い忘れていたな。卒業おめでとう。人間は皆、この行事のときはこんなふうに祝いの言葉を述べるのだろう？」

「ありがとうございます。こうして高校を卒業できたのも、朱道様のおかげです」

「夫として当然のことをしたまでだ。ところで、祝いは何がいい？」

「そんな、お気を遣ってくださらなくて大丈夫です」

「そういうわけにはいかない。卒業式は、盛大な祝宴のようなものだと聞いた。夫として、妻に最高の贈り物をするのが道理だろう。遠慮なく欲しいものを言え。お前のためなら、もう一棟御殿を建てても構わない。それとも最高級の着物や髪飾りを、大量にくれてやろうか」

「いいえ、本当に大丈夫です。この間、新しい振袖もいただいたばかりですし」

里穂は、両手をぶんぶんと振って断った。

朱道は、里穂のためなら金に糸目をつけない節がある。

愛されている証拠ではあるが、あやかし界に来るまで質素な生活を送ってきた里穂にとって、散財は罪なことのように思えた。そのお金を、あやかしの民のために使ってくれた方が、個人的には何倍も嬉しい。

「そうか……」

里穂に頑なに拒否され、朱道がしょんぼりとした声を出す。

先ほどの満面の笑みはどこへやら、シュンと肩を落とし、完全に覇気をなくしている。

里穂は慌てた。

「ええと、でしたら……。考えておくので、欲しいものができたときにお願いしてもいいでしょうか？」

とたんに朱道は、すごい勢いで顔を上げる。

そして、ブンブンと動く尻尾が見えそうな輝かしい笑顔で、繋いでいる里穂の手をぎゅっと握った。

「分かった。決まったら、いつでも遠慮なく言うといい」

圧倒的な武力に権力、それからカリスマ性を持ち、畏怖されている古今最強のあやかしの帝。

巷ではそんなふうに言われている彼だが、里穂にはときどき、喜怒哀楽の分かりやすい大型犬に見えることがある。

「はい」

里穂は微笑ましい気持ちになると、自分を一途に愛する彼に寄り添い、頭をその肩に預けた。

あやかし界での平和な日々が流れていく。

里穂が高校を卒業し、およそひと月が経った。

朝餉を朱道とともにし、日中は子供達と過ごして、夕餉も朱道とともにする。

そして夜は寝所でたっぷり愛を刻み込まれ、幸せな疲労感とともに彼の腕の中で眠る。

そんな幸福に満ちた毎日を過ごしながらも、本当にこのままでいいのかという悶々とした思いが、里穂の中で募っていった。

そんなある日のこと。

里穂は鶏舎近くの広場で、遊んでいる子供達を見守っていた。毛羽毛現そっくりボールを使った遊びは、子供達の間ですっかりブームになっている。

ボールを投げ合っている子供達を眺めているうちに、またしても物思いにふけっていた。

(后としてできること……。ああ、まったく思いつかないわ)

「りほさま、たいへんだブー!」

すると、遠くに飛んでしまったボールを捜しに行っていた豚吉が、泣きそうな顔で戻ってきた。

「どうしたの?」

「ボールが塀の外に出ていったブー! なくなったら悲しいブー!」

「大丈夫よ、心配しないで。どこから出ていったのかしら。その場所に連れていってくれる?」

豚吉に案内され、鶏舎裏にある、塀の一角にたどり着く。

なるほど、塀の下に隙間があり、そこから転がり出てしまったようだ。

しゃがんで覗き込んでみると、道路に転がっている毛羽毛現ボールが確認できた。

「すぐそこにあるわ。取ってくるから、みんなのところに戻って待っていてね」

「わかったブー」

御用聞き用の扉から、里穂はひとりで塀の外に出る。

ちょうどそのとき、しましま模様の尻尾のかわいらしい狸あやかしの子供が、てて、と向こうから走ってきた。

狸あやかしの子供は、毛羽毛現ボールの前で立ち止まり、もの欲しげに見つめている。

（かわいい。この辺に住んでいる子かしら？）

「そのボール、素敵でしょ？」

微笑ましく思いながら、里穂はその子に話しかける。

狸あやかしの子供が、くりくりとした目を里穂に向けた。

「遊んでいたら、塀の外に出ていってしまったの。よかったら、あなたも中で一緒に遊ぶ？」

そう言いながらボールを取ろうとしたときだった。

狸あやかしの子供が突然牙を剥き、毛羽毛現ボールに噛みつく。

そしてボールを咥えたまま、走り去ってしまった。

あまりにも一瞬の出来事で、里穂はしばらく理解が追いつかなかった。

ようやくボールを持っていかれたのだと気づき、慌てて狸あやかしの子供を追いかける。

(売り切れ続出の人気商品らしいから、衝動的に欲しくなってしまったのね)

だが、朱道が子供達のために買ってくれた大事な玩具だ。このままあげてしまうわけにはいかない。

狸あやかしの子供の小さな背中は、ぐんぐん遠ざかっていく。気を抜くとすぐに姿を見失いそうなほど足が速い。

この先は、御殿の城下町である御殿街道に繋がっていた。

「待って……っ！」

里穂は懸命に走ったが、距離は縮まるどころか開くばかり。

それに着物に雪駄では走りにくく、かなり分が悪い。

「モッフ～！」

困っていると、里穂の懐から灰色のモフモフが飛び出した。

頼れる小さな味方、モジャである。

「モフン！　モッフン！」

「追いかけてくれるの？　モジャ、ありがとう！」

「モッフーッ！」

誇らしげに鳴くと、モジャはぴょんぴょんと跳ねながら、あっという間に御殿街道の方へと消えていった。

里穂も、遅れて御殿街道にたどり着く。

白群青色の世界を煌々と照らす、提灯お化けとも呼ばれる不落不落の集団。

ずらりと並んだ多種多様な店、飛び交う威勢のいい呼び込みの声。

あやかし界一栄えているこの城下町は、今日も祭りの最中のように賑わっていた。

（モジャ、いったいどこに行ったのかしら）

なすすべもなくトボトボと歩いていると、モジャが里穂のもとに帰ってきた。

「モッフ！　モッフ～！」

こっちこっちというように、跳ねながら里穂を先導するモジャ。どうやら、狸あやかしの子供の居場所を突き止めたようだ。

モジャに連れられ路地裏に入り、細い道を行く。

御殿街道には何度も来たことがあるが、こんな入り組んだ場所に来るのは初めてだ。喧騒が遠ざかるにつれ、里穂は不安になってくる。

「モジャ、本当にこっちで合ってる？」

「モフ！」

心配しないで！　とでも言うように、モジャが鳴く。

たどり着いた先は、草が生い茂る、空き地のような場所だった。

奥には年季が入った朱塗りの祠（ほこら）があり、狐の石像が祀（まつ）られている。

「わー、モフモフだポン～！　気持ちいいポン～！」

「ぼくにも貸してポン！」

狸あやかしの子供達が三人、祠（ほこら）の前で、毛羽毛現ボールを投げ合っていた。

外見がそっくりだから、おそらく三つ子なのだろう。先ほどボールを持っていった子は、そのうちのひとりのようだ。

しましまの尻尾が三本、興奮でパタパタと揺れていて、見ているだけで愛らしさにきゅんとなる。

（どうしよう。返してって言いづらくなっちゃった）

里穂は木陰に身を隠しながら途方に暮れた。

「うちの弟達に何か用？」

背後から声がして、ぎくっと肩を揺らす。

振り返ると、狸耳にしましまの尻尾を持つ、十三歳くらいの少女が立っていた。

胡桃色（くるみいろ）のおかっぱ頭に、緑色の目のきれいな顔立ちをしている。

里穂と目が合うと、少女はすんと鼻を鳴らし、顔をしかめた。

「この匂い……。あんた、まさか人間？　どうして人間なんかが、この世界にいるのさ」

「……ここに住んでいるの」

「住んでる？　ああ、恐ろしい鬼の帝に奴隷として連れてこられたのか。人間なんてそれぐらいしか役に立たないもんな。食ってもまずいらしいしさ」

どうやら、この少女は里穂のことを知らないようだ。

あやかしの帝の后である里穂の顔は、城下町では知れ渡っているはずなのに。

里穂は違和感を覚えた。

「あなた、どこから来たの？」

「北方さ。仕事が欲しくて、引っ越してきたのさ」

面倒くさそうに答えた狸少女を見て、なるほどと納得した。

北方は、御殿のあるあやかし界の中心部から、もっとも遠い。

いわゆる田舎と呼ばれる地域で、情報の伝達にも時間がかかった。

「仕事って……。お父さんとお母さんはどこ？」

「そんなのいないさ」

「……それなら、弟達のお世話は誰がしてるの？」

「あたしがひとりで面倒見てんのさ。これから仕事を見つけて、もう少しマシな暮らしをさせてやるのさ。だけどあたしみたいな孤児は雇えないって、どこも門前払いなのさ」

そのときのことを思い出したのか、しかめ面をする狸少女。

「家はどこ？」

「家なんかあるわけないさ」

当然のことのように、狸少女は言ってのける。

里穂はようやく状況を理解した。

つまりこの狸あやかしの姉弟達は孤児（みなしご）で、一番年上の彼女が親代わりとして面倒をみているらしい。

あやかし界には孤児（みなしご）が多い。

子育てを放棄する親が、人間よりも圧倒的に多いのだ。

だが、あやかし達はそのことをあまり重く見ていない。

捨てられた子供はひとりで生きていくものという考え方が、長い歴史の中で根付いているからだ。世間に揉まれた方が強くなるという、いわゆる体育会系の考え方である。

これはあやかしの生来の気質によるものらしい。

「で、うちの弟達に何の用なのさ」

狸少女が改めて里穂に尋ねたとき、ボール遊びをしていた狸あやかしの子供のひとりが駆け寄ってきた。

「鈴音ねーちゃんもおいでポン。毛羽毛現のボール、ふわふわで気持ちいいポン。……あっ！」

狸あやかしの子供は、里穂と目が合うなりギクッと固まった。よく見ると、ボールをかっさらっていった張本人である。気まずそうに視線を泳がせる狸あやかしの子供。

「葉太、どうしたのさ？」

鈴音が首を傾げた。彼の名前は葉太というらしい。

里穂は、怯えている葉太がなんだか気の毒になってきた。

だが、かわいそうだからといって、盗みを見過ごすわけにはいかない。葉太の将来に、確実にいい影響を与えないからだ。

「ごめんね。そのボール、返してもらっていい？」

しゃがみ込み、まっすぐに葉太を見つめて言う。

葉太はみるみる目に涙をため、「……ごめんなさぁい」とボールを里穂に差し出した。

とてもいい子だ。

欲求が勝り、突発的に盗みを働いてしまったのだろう。

　その様子から、鈴音は事情を理解したようだ。

「盗んだのか⁉　いくら奴隷のものでも、盗んじゃ駄目さ！　盗みはするなと、あれほど言ってるのさ！」

「ごむぇん、ねえちゃん……」

　鈴音に怒られ、ますます涙をためる葉太。

　盗みを肯定するつもりはないが、励ましたい気持ちが込み上げる。

　そうだわ、と里穂は懐のモジャを呼んだ。

「モッフ〜ッ！」

　じゃじゃーんとばかりに飛び出し、里穂の肩にモフンと乗るモジャ。

「見て、本物の毛羽毛現よ。大人しくていい子だから、一緒に遊んでみない？」

　微笑みながら問いかけると、三人の狸あやかしの子供達の目が、いっせいにキラキラ輝いた。

「わあっ、本物のけうけげんだ〜！　ふわふわポン！」

「かわいいポン〜！」

「抱っこしたいポン！」

あどけない笑顔を見せる子供達に、里穂はほっこりした気持ちになる。

自分の役目をちゃんと分かっているモジャは、快く子供達に撫でられたり、抱っこされたりしている。

葉太の涙も、あっという間に引いていった。

「盗んでしまって、申し訳なかったのさ。子供のしたことだと思って、今回だけ許してやってほしいのさ」

鈴音が、改めて里穂に頭を下げてくる。

彼女だってまだ子供なのに、本当にしっかりしている。

「ええ、もちろんよ。あの子達がいい子なのは分かっているから、心配しないで」

そう言うと、鈴音がホッとした表情になった。

気性は少々キツいようだが、弟思いの優しい姉なのだろう。

里穂の胸に、モヤモヤとしたものが渦巻く。

問題なのは、年端のいかない姉が、貧しさの中で兄弟の世話をしなければならないこの環境だ。

環境さえ整っていれば、葉太はきっと、盗みなど働かなかっただろう。

（孤児達を、本当に放っておいていいのかしら？　人間とあやかしでは考え方が違うようだけど、絶対によくないわ）

そんなことをとりとめもなく考えていた里穂は、ハッとして顔を上げた。

（見つけたわ。私が、この世界でできること）

夕餉の時間。

里穂はさっそく、朱道に願い出ることにした。

「朱道様、この前おっしゃっていた、欲しいものが決まりました」

「そうか、言ってみろ」

向かいで膳の前に胡坐をかいている朱道は、ひどく上機嫌である。

里穂から欲しいものの打診があるのを、待ちわびていたようだ。

「はい、空き家が欲しいです」

「空き家だと？」

朱道が箸を持つ手を止め、眉をひそめた。

「別荘が欲しいのなら、空き家などではなく、豪華な屋敷を建ててやろう。思う存分金で装飾を施すといい。それとも、銀の方がいいか？」

「いえ、そういうことではなくて……」

孤児（みなしご）の世話をする施設を作りたい。

里穂は真剣な目をしてそう言った。

「愛されて育ったかどうかが、その子の生涯の幸福度を左右すると思うのです。だから、子供は愛情をたっぷり受けて育つべきです。私は、親のいない子供達にたくさん愛情を注いであげたいのです」

朱道に思いが伝わるように、一言一句、丁寧に言葉にする。

里穂自身、孤児（みなしご）で、愛を知らずに育った。

その結果、自分など虐げられて当然という卑屈な考えが染み込んでいた。幸せなど、未知の感覚だった。あやかし界に来て朱道に出会い、生まれて初めて、幸せがどういうものかを知ったのだ。

それでも、いまだに自分の存在意義を見失い、すぐに自己否定してしまう癖が残っている。

子供達には、同じようになってほしくないのだ。

幼い頃から、自分を大事にすることを学んでほしい。

家を一棟用意して、孤児達を保護する案は、もともと百々塚涼介がしていたことから発想を得た。

百々塚家の後継者である涼介は、自分の所有する屋敷の敷地内であやかしの子供を保護し、世話をしていた。

朱道は里穂を見つめたまま、黙って考え込んでいる。

無表情だと、赤い目の持つ迫力がよりいっそう際立って見える。

里穂はドキドキしながら彼の返事を待った。

朱道も幼い頃に親を殺され、孤独に生きてきた。

誰にも頼らず、その身ひとつで、あやかし界の頂点まで昇りつめた男だ。

そうやって生きてきた朱道だからこそ、子供を甘やかしてはならないという考え方が染みついていてもおかしくない。

だが――

「そうか、それはいい考えだな」

返ってきた声は、想像していなかったほど穏やかだった。

緊張でかしこまっていた里穂は、パアッと顔を輝かせる。

「本当にそうお思いですか？」

「ああ。俺も孤児だったからな。愛情を受けて育っていたら、もっと素直にお前に愛を伝えられる男になっていただろうと、日々悔やんでいる」

「それに関しては、そうとも言えないですけど……」

むしろ、彼からの愛は充分すぎるほど伝わっている。

だが考えてみれば、たしかに出会った当初の彼は里穂に対する当たりがきつかったし、里穂も彼のことがとにかく恐ろしかった。のちに、それは不器用ゆえ愛情表現が下手だったからだと知ることとなるのだが……

好いた女にどう接していいのか分からない、と告白されたこともあった。

そのときのことを思い出し、里穂の胸が熱くなる。

「それに、百々塚の息子の一件からずっと考えていたんだ。この世界も、人間の世界を見習い、孤児に関する制度を整え、不幸な境遇にいる子供達を保護していかねばならないと。これでも、俺が統治するようになってからは、孤児についての政策を進めてきたつもりでいた。だが不充分であったことを反省している」

精悍な顔に見つめられる。

無骨な印象を持たれやすい彼だが、その実、繊細で思いやりに溢れた鬼だということを、里穂はもう分かっていた。朱道もまた、里穂と同じように、孤児の処遇を気にかけていたのだ。

「長らく、どうにかしたいと思っていた。お前が協力してくれるのならありがたい」

いつもの愛情深い眼差しとは違う、帝としての眼差しを向けられる。彼が里穂の力を必要としてくれているのを知って、気持ちが一気に昂った。

「はい、おまかせください！」

思わず身を乗り出す。

「だが、卒業の祝いがそんなものでいいのか？　自分のためのものではないではないか」

「回り回って、自分のためのものです。子供達の笑顔が見られたら、幸せな気分になりますから」

朱道がフッと相好を崩した。今度は帝としてのものではなく、里穂だけに向けられる特別な表情だ。

「相変わらずつつましやかだな。もっと我儘になっていいのだぞ。俺はこの世の何よりも、お前を甘やかしたい。お前を甘やかせるのは、夫である俺の特権なのだから」

何かを渇望するような眼差しで、じっとりと見つめられたら、彼に触れられているときのことを思い出してしまう。里穂は、急に恥ずかしくなった。

「そんな、甘えてばかりはいられません……」

顔を赤くして、もじもじとうつむく。

「まあいい。お前のそんなところも、俺は好んでいるんだ」

今の朱道は、不器用どころか、毎日過剰なくらい愛を伝えてくる。そのたびに里穂は羞恥に焦がされ、どう対応したらいいのか分からなくなる。

食事中だというのに色気たっぷりの視線をじりじりと感じ、里穂は顔を赤らめたまま急いでおかずをかき込んだ。

〝育児舎〟――ほどなくして完成したその施設を、里穂はそう呼ぶことにした。

孤児を住まわせるだけでなく、保育園のような役割も兼ねている。

その方が、幅広くあやかしの助けになると考えたからだ。御殿で働く下女達のように、日中子供に目が行き届かず、困っている母親もたくさんいるだろうから。

建物は、御殿街道の裏通りにあった廃屋を修繕した。

財源は無限ではないのだから、新しく建てずに、使える建物を使うべきだと里穂は考えたのだ。

雪成いわく、朱道は里穂に関すること以外、基本節約しているとのことだが、どこまでが本当なのか分からない。

元は旅籠(はたご)だったらしいこの建物は、六畳の和室が十間に、四畳半の和室、二十畳の板間、三十畳の大広間まである。和室は子供達の部屋と客間に、板間は食堂に、大広間は遊戯室にする予定だ。

建物の周りはぐるりと生垣で囲まれていて、子供が走り回れる広い庭もあった。池があるので鯉や金魚も飼える。

育児舎として、まさに理想の建物だった。

里穂はさっそく、空き地で野宿生活をしていた狸あやかしの姉弟を、育児舎に案内した。

「わーっ、ピカピカのお部屋だポン！」

「畳からいい匂いがするポン～！」

「ええっ！　こんな、ふかふかなお布団で寝られるポンか⁉」

葉太に緑太に丼太。三人の狸あやかしの子供達は、育児舎に来るなり大はしゃぎだった。

鈴音は、警戒するようにあたりをきょろきょろと見回している。

「本当に、こんな立派な家に住んでもいいのか？　しかも三食付きだって？　こんな夢みたいな話、裏がありそうで怖いのさ」

「大丈夫、裏なんかないから安心して。あと、ここに住むのはあなた達だけじゃないわ。そのうち親のいない子供達が、あやかし界のいろんなところから来て、一緒に暮らす予定なの」

「へえ～！　帝がここを用意したんだろ？　うちら孤児のことまで気にするなんて、強面の堅物って聞いてたけど、慈悲深い御方なのさ」

「ええ、そのとおりよ」

（強面の堅物……朱道様はそんなふうに思われているのね）

里穂は、心の中で笑いをこらえる。

里穂だって、出会った当初の朱道の印象は、鈴音と似たり寄ったりだった。

本当の彼を知った今、そんなことは微塵（みじん）も思わないが。

「それにしても、人間のおねーさんは奴隷なのに、帝からずいぶん信頼されてるのさ。そんなふうにあれこれ決められるってことは、ここの管理を任されてるんだろ？」

里穂は鈴音に向かって優しく微笑んだ。

「そのことなんだけど、私、夜は帰らないといけないから、一日中ここにはいられないの。だから――」

不思議そうな顔をしている鈴音を、まっすぐに見つめる。

「ここの管理をあなたに任せたいの。もちろんお給料は払うわ」

鈴音が、緑の目をみるみる丸くした。

「え……っ⁉　ここで働いていいのかっ？」

「ええ。あなたは年のわりにしっかりしているし、何より子供達の扱いに慣れているもの。適任だわ」

「それはありがたいさ！」

「だんだん子供達が増えてくるから、大変になるかもしれないけど」

「そんなの、へっちゃらさ！」

八重歯を見せてニカッと笑う鈴音。

弟を守らなければいけない責務からか、年齢にそぐわない隙のなさを感じさせる少女だったが、こうして見るとまだまだあどけない。

「覚えることがたくさんあるけど、大丈夫？」

「もちろんさ！　一生懸命働くさ！」

鈴音は、しましまの尻尾をパタパタと揺らしながら、張り切って答える。

いつにない素直さがかわいくて、里穂は思わず彼女の胡桃色（くるみいろ）の頭を撫でた。

鈴音がぶわっと顔を赤くする。

「なっ、何するのさ！」

「ふふ、かわいくて」

「こ、子供扱いするなさっ……！」

頭をぶんぶんと振り、里穂から離れてしまう鈴音。赤らんだ顔を見られないように腕で隠している姿も、たまらなくかわいい。

（いつか、恥ずかしがらずに撫でさせてくれるかしら）

そんなことを思いながら、里穂は改めて自ら設立した育児舎を見渡す。

さまざまな備品を買ったり、施設の決まりを作ったり、これからやることはいくらでもある。

（とにかく、一日でも早く子供達を迎え入れられるよう、急いで準備を進めなきゃ）

里穂は着物の袖をまくり、よしと気合を入れた。

朱道に頼んだところ、さっそくあやかし界の各地から孤児が集められた。御殿街道の住人達にも声をかけると、日中だけ子供を預かってほしいという親が続出した。

そんなこんなで、育児舎はあっという間にいっぱいになった。遊戯室にしている大広間では、四六時中、子供達の元気な声が響いている。

「葉太、積み木はこうやって片づけるにゃ！」

「ほんとだポン！　箱にぴったり入ったポン！」

「とんきちにーちゃん、あそんで～！」

「しょうがないブー。おにーさんが遊んでやるブー」

御殿で里穂が面倒をみていた子供達も、育児舎でまとめて世話をするようになった。

生まれも育ちも異なる子供達だが、出会ったその日にすっかり仲良くなってしまった。

子供の順応力というのはすごい。

「子供達の襦袢を用意しました。よかったら使ってください。余った生地で作ったものので申し訳ございませんが」

「売れ残りの玩具です。よろしければ使ってくださいませ」

呉服屋の女主人や玩具屋の店主など、御殿街道に店を構える民も噂を聞きつけ、力を貸してくれた。小さな着物や帯、木でできた積み木や乗り物を模した玩具などが、山のように積み上がっていく。

子供達の世話に、備品の管理や予算の編成など、里穂はてんてこまいだった。

とてもではないが手に負えなくなり、鈴音の他にもあやかしを五人雇った。子供の世話係はもちろんのこと、事務処理係や厨房係など、育児舎が円滑に運営できるよう、役割を分担していく。

この調子だと、二号棟が必要になるのも時間の問題だろう。

（庭に、滑り台やブランコも置きたいわ。だけどこの世界では手に入らないから、人

間界で仕入れるしかないわね。百々塚さんに頼んでみようかしら。きっと協力してくれるわよね）

試してみたいアイデアも、湯水のように湧いてくる。

そんなふうに、毎日へとへとになりながらも、里穂の気持ちは満ち足りていた。

住むところや友達ができたことを喜び、目をキラキラさせる子供達を見ていたら、疲れなど一気に吹き飛んでしまう。

（ああ、眠らなくてもいい体がほしいわ）

忙しさのあまり、この頃は夕餉の時間に御殿に戻れていない。

だが御殿に住まう子供達は夕方までに帰さないといけないので、朱道が里穂の護衛としてつけてくれた陰摩羅鬼に送ってもらっている。

その日も仕事が終わらなかったため、里穂は育児舎の門前で陰摩羅鬼に伝えた。

「ごめんなさい、今日も子供達を先にお願いね」

「キョエ～！　キョエ、キョエエ～！　キョキョキョ、キョエエ～ッ！　キョエエエエエ～～！（そんな～！　里穂様も、帰ってくださいよ～！　里穂様なしで帰ったら、朱道様めちゃくちゃ怖いんですよ～！　焼き鳥にするって言ってくるんです～！）」

陰摩羅鬼が必死に何かを訴えているが、里穂には彼の言葉が分からない。

（きっと子供達がかわいくてたまらないって言っているのね）

そう解釈して、ふふっと微笑んだ。

「でしょ？　子供達もあなたにすごく懐いているのよ、本当に感謝しているわ。ではよろしくね」

「キョキョエェ！　キョエッ、キョエエ～！（そんな殺生な！　里穂様、お待ちを～！）」

陰摩羅鬼が何か叫んでいるが、仕事はまだ山ほど残っている。気にかける余裕はなかった。

御殿の方から、ホーホーという、三足鶏の間延びした鳴き声が聞こえる。

（そろそろご飯の時間ね。今日のメニューはたしか、大人気の巨大魚のコロッケだったっけ。すぐ取り合いになって喧嘩になっちゃうから、しっかり見てないと）

里穂は大急ぎで育児舎の中に戻ろうとした。

ところが、玄関先に子供がぐったりと倒れているのを見つける。

見たことのない子供だった。気を失っているようだ。

「大変……！」

里穂は、慌ててその子を抱き起こした。

白い髪に白いふわふわの三角耳を持つ、妖狐の少年だった。尻尾も白くてモフモフだ。見た目はおそらく、五歳くらい。

いったい何があったのか、髪や顔、もともとは白かったであろう着物も、ひどく汚れている。

（とにかく部屋に運ばなくちゃ）

どういう経緯でこんなところに倒れているのかは分からないが、この子が大人の助けを必要としているのは間違いないだろう。

そう思いながら、妖狐の子の体を抱えたときだった。

子供の目が、ぱちっと開いた。里穂が彼の体を動かしたため、意識を取り戻したらしい。

瞬間、妖狐の子が獰猛な顔つきになり、ぐわっと牙を剥く。

（噛みつかれる！）

とっさに身構えたが、妖狐の子は里穂と目が合うなり、牙を剥くのをやめた。

そしてぼうっと、まるで何かにとりつかれたように、里穂を見つめてくる。

少し吊り上がり気味の、きれいな菫色の目だった。

その神秘的な美しさに、里穂も思いがけず目を奪われてしまう。

すると。

――むぎゅっ。

突然、妖狐の子にきつく抱き着かれた。

本当に子供かと疑うほど力強い、少々痛いくらいの抱擁である。

よく見ると、妖狐の子は里穂に抱き着いたまま、スースーと寝息を立てて眠っていた。先ほどまでの獰猛な顔つきはどこへやら、あどけない寝顔を惜しみなく晒している。

(まあ、なんてかわいい子なの。力が強すぎてちょっと苦しいけど、気にならないくらいかわいいわ)

里穂はほんわかとした気分になると、起こさないように気をつけながら、妖狐の子を抱いて育児舎の中に入った。

妖狐の子の顔と体を拭き、髪と尻尾もきれいにする。こざっぱりとした紫の矢絣の着物を着せると、彼は驚くほど美しく変貌した。

空き部屋に布団を敷いて寝かせたあとは、皆で囲み、妖狐の子が目覚めるのを待つ。

「なんて愛らしい子でしょう」

「このかわいい寝顔、ずっと眺めていたいわ」

育児舎の従業員達も、すっかり彼にメロメロである。

「きっと、ここの噂を耳にして田舎から来た子供なのさ」

鈴音が、よく弟達にそうしているように、彼の白髪をやや乱雑に撫でた。

すると、妖狐の子がぱちっと目を開ける。きれいな菫色の瞳が露になり、皆が息を呑んだ。その直後、妖狐の子がものすごい勢いで鈴音の手を払いのけた。

「何をするのさっ！」

鈴音が、真っ赤になって怒る。

妖狐の子はぴょんっと起き上がると、あっという間に部屋の隅に移動した。それから牙を剥き、「ギギギ……」と皆を威嚇する。

愛くるしかった寝顔からは想像もできない剣幕に、皆が呆気に取られた。

「おっかない子なのさ！　むやみに近寄ると怪我するのさ！」

鈴音はぷんすかしながら、地団太を踏んでいる。

里穂はすっかり困り果ててしまった。

（きっと、誰かに大事にされたことがないのね。初めての経験だから、混乱しているんだわ）

里穂は、野生の獣のように周囲を警戒している妖狐の子が哀れになる。

彼は悪くない。ただ怖がっているだけなのだ。

里穂は彼へとゆっくり近づき、目線が同じになるようにしゃがみ込んだ。

そして手を差し伸べる。

「大丈夫よ。ここに、悪者はいないわ。あなたは、たくさんご飯を食べて、たくさん寝て、たくさん遊べばいいだけよ」

妖狐の子が、里穂をじっくりと見る。

次の瞬間、険しかった形相が、みるみるもとの愛くるしさを取り戻した。

妖狐の子はモフモフの白い尻尾を揺らしながら、ててて……と里穂に駆け寄ってくる。そして、そのまま飛びつくように里穂に抱き着き、もちもちの頬で頬ずりをしてる。

きた。

（ふふ、やっぱりかわいいわ）

よしよしと頭を撫でてやると、妖狐の子は目尻を垂らして笑い、ますます尻尾をパタパタと揺らす。

「オレ、樹っていうんだ。おねーさんは？」

舌ったらずな声。あどけない声で一丁前に〝オレ〟と自分を呼ぶところも愛らしい。

「私は里穂っていうの」

「りほ！　オレ、りほが好きだ！」

「ふふ、ありがとう。樹はひとりなの？　お父さんとお母さんは？」

「そんなのいない」

「じゃあ、お家はどこ？」

「おうちなんかない」

どういう経緯で育児舎にたどり着いたのかは分からないが、十中八九、孤児だろう。

質問に答える間も、樹は決して里穂を離そうとしない。ぴったりと抱き着かれ、コアラの親子状態である。

「なんだ、急にかわいくなったな。やっぱり子供なのさ」

先ほどまで怒っていた鈴音も、樹のかわいらしさに当てられたのか、声色を変えた。

鈴音が、おもむろに樹の頭を撫でようとする。ところが樹は、里穂に抱き着いたまま「ギギッ」と牙を剥いて威嚇した。

「やっぱりかわいくないのさ……っ！」

ぷるぷると震え、必死に怒りをこらえる鈴音。

他の従業員が近づいても、樹は同様に牙を剥く。

どうやらこの妖狐の少年は、里穂にしか懐くつもりがないようだ。

（来たばかりなのだから、仕方がないわ。慣れてきたら、きっと皆にも懐いてくれるはず）

「ねえ樹。この家に住まない？　たくさん友達がいて楽しいわよ」

「りほもいるのか？」

「ええ。だいたいいるわ」

「じゃあ住む！　りほといっしょに寝る！」

頬を桃色に上気させ、樹がニカッと晴れやかな笑みを見せる。

里穂は満ち足りた気持ちになりながら、そんな彼の髪を優しく撫でた。

皆に牙を剥く樹が里穂にだけ懐くのは、やはり惚気の才の影響だろうか？　あやかしの異性を惹きつけるという里穂の異能は、子供のあやかしには影響がないと思っていたが、樹を見る限りそうでもないらしい。

里穂にしか懐いていない彼を置いて御殿に帰ったら、きっと問題を起こすだろう。鈴音はしっかり者だが、短気なのが少々難点だ。彼女もまだ子供なので、仕方がないところではあるが。

（今夜は帰れそうにないわね）

その後、豚吉達を御殿に送り終えた陰摩羅鬼が、また育児舎に戻ってきた。

樹がご飯を食べている間に、里穂は門前にいる陰摩羅鬼に状況を説明する。

「ごめんなさい。今夜は育児舎に泊まるから、御殿には帰らないって朱道様に伝えてくれる？」

「キョッ、キョエ～⁉（ええっ、マジっすか⁉）」

「外せない用事ができたの。だけど、心配するようなことではないわ」

「キョエ～、キョエエ～！　キョエエエエ～！（そんな～、帰ってきてくださいよ～！　今度こそ朱道様に食われるじゃないですか～！）」

陰摩羅鬼はしきりに鳴いているが、里穂にはやはり彼の言葉が分からない。

だからニコニコと、鳴きわめく陰摩羅鬼を眺めていた。

（きっと『ご苦労さまです』って言っているのね）

「こんにゃろ～っ！　なんてクソガキなのさっ！」

そのとき、食堂の方から、鈴音の怒声が聞こえてきた。

「ギギギッ！」という、樹の威嚇の声もする。

（大変、また喧嘩だわ！　早く戻らないと）

慌てて踵を返す。

「じゃあ、お願いね」

「キョエエエ～～ッ！（待ってくださいよぉぉ～～っ！）」

里穂は何やら鳴き続けている陰摩羅鬼をその場に残し、大急ぎで食堂に向かった。

里穂以外が話しかけたり近寄ったりすると、樹はとたんに牙を剥き、威嚇する。

だが里穂がいれば愛くるしい笑顔を見せ、まるで借りてきた猫のように、言うことを素直に聞いた。

その日の夜、里穂は樹と同じ布団で眠ることにした。

樹は里穂にぴったり引っつき、スースーと気持ちよさげな寝息を立てている。

鈴音に向かって何度もあかんべーをしたり、牙を剥いたりしていたのが嘘のように、純粋無垢な寝顔だった。

こんなに幼いのに、ずっとひとりで生きてきたのかと思うと、胸が痛い。

（だけど、この先もこの調子だったら困るわね。私が四六時中一緒にいるわけにはいかないもの）

とはいえ、樹がこれほどまで自分に懐いてくれることを、嬉しくも思う。

（まだ小さいんだから、きっと大丈夫。そのうち慣れて、皆と仲良くできるようになるわ。子供の順応力ってすごいもの）

そんなことを考えているうちに、里穂もうとうととしてきた。

そして樹に寄り添うようにして、深い眠りについたのだった。

……――黄金色の丸い月が、漆黒の空に浮かんでいる。

生ぬるい夜風が、竹林をざわつかせていた。
霧の濃い、まるで夢物語の世界のような、神秘的な夜だ。
鬱蒼と生い茂った竹林の奥に大岩があり、そのてっぺんが白く光っている。
よく見ると、それは一匹の白い狐だった。
狐は微動だにせず、大岩の上から、じっとこちらを見ている。
――コン！
狐が、よく通る声で鳴いた。
気づけば里穂は、夢中で竹林の中を走っていた。
目指すのは、狐のいる大岩だ。
気持ちが、どうしようもなく昂っている。
まるで狐に会うのを、長い間、待ち焦がれていたかのように――……
目を覚ました里穂は、夢うつつのまま、布団から身を起こした。
いつもの寝所の景色ではない。
（ここはどこ……？）

寝ぼけた頭で、必死に記憶を手繰り寄せる。

（そういえば、昨日は育児舎に泊まったんだっけ。そうだわ、樹は……）

隣を見ると、樹がすぴすぴと眠っている。

里穂はホッと胸を撫でおろし、乱れた布団をかけ直してやった。

（それにしても、久々に変な夢を見たわ）

映画を見ているかのような、妙にリアルな夢だった。

特に驚く内容ではないが、なぜかいまだに心臓の鼓動が速い。

深呼吸をしたあと、再び隣を見た。

寝息と同じリズムで、樹の白い三角耳がピクピク動いている。

眠りはまだまだ深そうだ。疲れているのだろう。

（きっと、樹に影響されて狐の夢を見たのね）

里穂はそう解釈して、今しがた見たばかりの不思議な夢のことは忘れることにした。

「こら〜、樹っ！　待つのさ！」

育児舎の庭で、鈴音が樹を追いかけている。樹は鈴音をからかうように白い尻尾を大袈裟に振り、ケタケタと笑いながら逃げ回っていた。

「こんちくしょ〜！　なんて逃げ足が速いんだ！」

しましまの尻尾をピンッと立てて、鈴音が憤慨している。

子供達と洗濯物を干していた里穂は、そんな鈴音に駆け寄った。

「何かあったの？」

「樹が、台所にあった蛙まんじゅうを勝手に食ったのさ！　葉太がお小遣いで買って、食べるのを楽しみにしていたのに」

「べーっ！」

樹が木陰から顔を出し、鈴音をバカにするように赤い舌を出す。

「こんにゃろ〜っ！　年上をバカにして！　ただでさえ狸と狐は相性が悪いのに！」

鈴音は、今にも怒りが爆発しそうな勢いだ。

里穂は、こっそりとため息を吐いた。

樹が育児舎に来て三日が経った。里穂が思ったとおり、樹は他のあやかしと接することに慣れてきて、初日のように牙を剥くことはなくなっている。

だが昨日、今日と、悪戯が過ぎるのだ。

今のように、台所のものを勝手に食べたり、あっかんべーをして子供達を泣かせたり、片づけたばかりの玩具をめちゃくちゃにして皆を困らせたりしている。

昨日は、大勢で暮らすことに慣れていないからと大目に見ていたが、さすがに目に余ってきた。

(怒るのは得意じゃないけど、こういうときはビシッと叱らないと)

里穂は心を鬼にして、精いっぱい声を荒らげる。

「樹！」

おちゃらけて鈴音を冷やかしていた樹が、ハッとしたように里穂に顔を向けた。

「葉太にちゃんとあやまりなさい」

樹がぺたんと耳を垂れ、しょげた声を出す。

「りほ、おこってる？」

「怒っているわ。葉太を悲しませたんだもの」

「分かった、ちゃんと葉太に謝るから」

「鈴音にも謝りなさい。冷やかして怒らせたんだから」

「分かった。鈴音ねえちゃん、ごめんなさい」

鈴音に向かって、ぺこりと素直に頭を下げる樹。

「わ、分かればいいのさ」

鈴音は唇を尖らせながらも、しぶしぶ謝罪を受け入れる。

樹はしょげたまま、ててて、と里穂の方に寄ってきた。

そして里穂の着物を掴み、うるうると涙目で見上げてくる。

「りほ、オレをきらいにならないで」

嫌いになるわけないでしょ！　と答えたくなるのをぐっと呑み込み、里穂は全力で怒ったふりを維持した。

「ダメと言われたことはしない。ここで甘やかしたら、樹のためにならない。悪いことをしたらちゃんと謝る。約束できる？」

「うん、約束する」

「あと、誰かに親切にしてもらったときは、『ありがとう』を言うのも忘れないで」

「うん。オレ、ありがとう、ちゃんと言う」

樹が必死に何度も頷く。

里穂はこらえきれず、破顔した。しゃがみ込み、今にも泣きそうな樹の小さな体をぎゅっと抱きしめる。

「分かったならいいわ。じゃあ、葉太にも謝りに行っておいで。鈴音、葉太のところまで樹を連れていってくれる？」

「仕方がないのさ。おいで、樹」

「うん！」

鈴音のうしろに、ちょこちょことついていく樹。

しましまの尻尾と真っ白な尻尾が、裏口から育児舎の中へと消えていく。

里穂は、ホッと胸を撫でおろした。

樹は賢い子だから、これから徐々に周りとの関わり方を学んでくれるだろう。

（大丈夫、きっと育児舎でうまくやっていけるわ）

安堵したとたん、疲れがどっと肩にのしかかってきた。

樹が来てからというもの、三日連続で育児舎に泊まることになり、御殿に戻れていないのだ。

やはり里穂が心から休めるのは、朱道の隣しかないと、身に染みて思う。

（今日こそ絶対に御殿に帰りましょう）

里穂は固く心に決めた。

とはいうものの、その後も何かとバタバタが続いて、結局いつものように御殿の子供達を先に陰摩羅鬼に送ってもらうことになった。陰摩羅鬼は子供達を送り届けたあと、里穂の護衛のために育児舎に戻ってくるのだが、今日はなぜか鴉天狗（からすてんぐ）がやってきた。

「陰摩羅鬼は取り込み中のため、拙者が代わりに参りました」

鴉天狗が、きりりとした表情で頭を下げる。

鴉天狗に送ってもらい、里穂は三日ぶりに御殿に戻った。

はやる気持ちを抑えながら朱道の部屋に行くと、中から「キョエ～！」という陰摩羅鬼の声がする。

襖（ふすま）の隙間から室内を覗くと、朱道が殺気立った顔で陰摩羅鬼の首を絞めていた。

「里穂を連れて帰ってこなかったら、今日こそ焼き鳥にすると言ったよな」

「キョエ～！　キョエッ、キョエェェ～！　（そんな～！　ワイには、どうにもならんのですよ～！）」

その様子を、雪成がニヤニヤと面白がるように眺めている。

「あ、僕の分は焼き鳥じゃなくて煮込みでお願いしますね」

「キョエ！（あんたも鬼や！）」

（大変……！）

　里穂は慌てて部屋の中に駆け込んだ。

「朱道様！　待ってください！」

　里穂を目にするなり、朱道の表情がみるみる和らいでいく。

「里穂、帰ってきたのか」

　花咲くような笑みを浮かべ、陰摩羅鬼をあっさり解放した。

　自由になった陰摩羅鬼は、涙目でむせ込んでいる。

「キョエ〜、キョエエエ〜！（助かりました〜、ではこれにて失礼〜！）」

　翼をバサバサと羽ばたかせ、逃げるように襖（ふすま）から出ていく陰摩羅鬼。

　雪成が、満面の笑みで駆け寄ってくる。

「お后様、お帰りなさいませ！　帰ってこられて本当によかった！　陰摩羅鬼の次は絶対に僕にとばっちりが来てましたからね！　それじゃあ邪魔者は退散します！　存分に仲良くしてくださいね〜！」

雪成は早口でペラペラと捲し立てると、足早に部屋から出ていった。

「会いたかったぞ、こっちに来い」

胡坐をかいた朱道が、待ちかねたように手招きをしてくる。

里穂はいそいそと朱道の隣に行った。

すると「そこじゃない」としかめ面をされる。

指先でトントンと示されたのは、彼の膝だった。ここに座れという意味なのだろう。

里穂は顔を赤らめながらも、彼に背を向ける形で、素直に膝の上に腰を下ろす。

とたんにふわりとうしろから抱きしめられた。

里穂を包み込む、力強さとあたたかさ。

男性的な香りの中に入り混じる仄かな麝香のような香りは、いつも里穂に絶対的な安らぎを与えてくれる。

これほど落ち着く場所は、あの世にもこの世にも存在しないだろう。

肩にのしかかっていた疲れが、溶かされていくようだ。

里穂は知らず知らずのうちに、彼の腕に身を委ねていた。

それに応えるように、抱擁が強くなる。

「三日も帰らず申し訳ございません。手が離せない子がいて、そうするよりほかになかったのです」

「そうか。頑張っているのだな」

「……うまくいかないことばかりですが」

「案ずるな。育児舎の評判は上々だぞ」

「そうなんですか？」

里穂は目を輝かせ、朱道を振り返った。赤い目が、間近で優しく細められる。

「ああ。いい后を娶ったと皆に褒められる」

「いい后……」

なんて素敵な言葉だろう。

胸の奥深くまでじいんと響いて、口元がにやついてしまう。

両頬に手を当て、貰ったばかりの褒め言葉を心の中で噛みしめていると、こつんと額に額を当てられた。

「だが少し、頑張りすぎじゃないか？」

若干怒り口調の朱道は、内心、嫁に三日も外泊されて拗ねているようだ。

「申し訳ございません。つい夢中になってしまって」

「卒業後はいつでもお前に会えると思っていたのに、これでは学校に通っていたときの方がよほど一緒にいられたではないか。頑張っているお前を見るのは悦ばしいが、やはり寂しい」

いつになくしおらしく言われ、罪悪感が込み上げる。

「本当にごめんなさい。これからは、外泊はしないように気をつけます」

「そうか。それなら、まずは詫びが必要だな?」

「詫び、ですか?」

ニヤリと微笑み、自らの唇を人差し指で示す朱道。

彼が何を求めているのかすぐに分かって、里穂は顔を赤くした。

だが寂しがりやのこの大型犬のような鬼に、不安を抱かせてしまったのは事実。

里穂は彼のたくましい胸にそっと手を置くと、腰を上げ、触れるだけのキスをした。

「足りないな」

ところが精いっぱいの努力も虚しく、不服そうに首を傾げられる。

そして、悪戯っぽく朱道が言った。

「俺がいつもお前にしているのは、こんなものではないだろう」

いつも、と言うだけあって、たしかに彼はキスが好きだ。

ことあるごとに唇を重ねてきては、まるで充電が完了したかのように、満足げな顔になる。彼がキスを求めているときは、視線がどろりと甘くなるから分かりやすい。

よほどキスに飢えているのか、今は見つめられるだけで溶かされそうなほど眼差しがどろどろだ。

（お詫びなんだから、仕方がないわ）

里穂は羞恥を無理やり振り払うと、もう一度触れるだけのキスをした。

ところがもっととねだられ、結局十回以上する羽目になる。

不満をこぼしつつも朱道は里穂の拙いキスを喜んでいる節があり、されるばかりで、自ら動こうとはしない。キスの回数が増えるにつれ、里穂を見つめる目にあからさまな喜色が滲んでいく。

「もういいですか……？」

もうこれ以上は、羞恥で顔から湯気が出そうだ。

「ああ、これで最後にしよう」

仕上げとばかりに、甘くとろけるようなキスをされた。

それから改めて、ひしと抱きしめられる。

「育児舎ができてからというもの、お前は働きづめだ。たまには休んだ方がいい」

「ですが、休んだら皆に迷惑がかかってしまいます」

「働きすぎて体を壊してしまう方が問題だ。上に立つ者は、たまには骨休めをして、体調を整えることを忘れてはならない。体調管理も仕事のうちだからな」

帝として立派にあやかし界を統治している彼に言われると、かなりの説得力がある。

たしかにそれもそうねと、里穂は納得した。

「はい、分かりました。そのようにいたします」

すると朱道が、少年のようにうきうきと声を弾ませた。

「それなら、明日は丸一日休みにして、俺と出かけよう。いい息抜きになるはずだ」

翌朝、早くから豚吉の母親が里穂のもとに来て、着替えを手伝ってくれた。

着つけてくれたのは、雪成が卒業式にと用意してくれたあの着物である。

紅地に色とりどりの花が散らされ、そこかしこに金箔があしらわれた、見るも華やかな振袖だ。

髪はアップスタイルに編み込まれ、赤い花の髪飾りをつけられる。

「朱道様からのご命令で、今日は私が育児舎の手伝いをしに行きます。子供達のことは心配なさらず、どうぞ楽しんできてください」

「ありがとうございます、豚吉くんのお母さん」

急遽(きゅうきょ)休んだので、育児舎のことが気にかかっていたが、朱道が根回ししてくれていたらしい。

さすが、卒がない。

そうこうしているうちに、朱道が里穂を部屋まで迎えに来た。雪成も一緒である。

里穂を見るなり、デレデレと頬を緩める雪成。

「お后様！　その着物、着てくださったんですね～！　思ったとおりとってもきれいです！　ね、主上！」

朱道は、振袖姿の里穂を見つめたまま、石像のように表情ひとつ動かさない。

雪成が問いかけても、口を開く気配すらなかった。

だが、やがてコホンと小さく咳ばらいをすると、里穂から視線を逸らし、あからさまに顔を赤らめる。

「……ああ。よく似合ってる」

朱道は堂々と愛を囁いてくる一方で、いまだにこうやって言葉少なに照れることもある。

どちらの態度でも、彼に大事にされているのが、狂おしいほどに伝わってきた。

「ありがとうございます……」

里穂も顔を赤らめ、もじもじとうつむく。

ふたりの様子を見て、雪成がニヤニヤと含み笑いを浮かべた。

「夫婦だというのに、いつまでも付き合いたてのカップルみたいに初々しいですね。見ているこっちが照れちゃうから、やめてくださいよ〜」

「うるさい、黙れ雪成。そもそもなぜここにいる?　ついてこいとは一言も言っていないだろう」

「僕だって、お后様に会いたかったんですよ。三日もお后様に会えなくて、悶え苦しんでいたんですからね。主上だけが寂しかったと思ったら大間違いですよ……とっ」

朱道に獲物を狙う蛇のごとく睨まれ、雪成が慌てて口を閉ざした。

それから顔を青くして、取ってつけたような笑みを浮かべる。

「では僕はこれでっ！　久々のデート、楽しんできてくださいね～！」

雪成が、ビュンと逃げるようにして部屋の外へと消えていった。

「……行くか」

雪成がいなくなり、静まり返った部屋で、朱道が手を差し出す。

「はい」

里穂の手をすっぽりと覆いつくしてしまうほど大きなその手を、里穂はそっと握り返した。

夫婦だというのに、手を繋いだだけで、まるで恋を覚えたての少女のように心臓が早鐘を打ってしまう。

初々しいと茶化した雪成の言葉も、あながち間違いではなかった。

このまま年を重ねても、きっと朱道への想いは、初々しいまま変わらないのだろう。

彼を好きな気持ちは、日を追うごとに増して終わりが見えなくなっている。

不安なような、満ち足りたような、奇妙な心地。

これがきっと、恋なのだ。

里穂の手を引いて歩く朱道のたくましい後ろ姿を眺めながら、里穂は溢れてやまない幸福感を、ひっそりと噛みしめたのだった。

御殿の門前には、金細工のあしらわれた屋形に巨大な車輪がついた、豪勢な牛車が用意されていた。数人の河童が、牛車を引く舎人（とねり）として待ち構えている。

内装にもふんだんに金があしらわれ、天鵞絨（ビロード）の座席もふかふかだ。

里穂は朱道と並んで腰かけ、胸を高鳴らせながら御殿を出発した。

白群青色（びゃくぐんじょういろ）に染まる空の下、御殿街道には、今日も不落不落の光が赤々と揺らめいている。さまざまな露店が立ち並び、異形の者達が行き交う幻想的な景色を、里穂は牛車の窓から眺めた。

牛車は御殿街道で停まることなく、そのまま通りを突っ切っていく。

里穂は首を傾げた。

「どこに行かれるのですか？」

「このあたりの名所を巡る。お前は御殿街道以外、この世界をほとんど知らないだろう?」

「たしかにそうですけど……。遠出しても大丈夫なのですか?」

帝である朱道は、有事に備え、御殿からあまり離れられない。

「近場を巡るだけだから問題ない。それにしても、ようやく一日お前を独り占めできるな」

そう言って朱道は愛しげに目を細め、里穂の手を優しく握りしめた。

見惚れるほどの美形に極上の笑みを向けられ、里穂は目のやり場に困った。

(一日中こんな調子だったら、心臓が持つかしら)

我ながら、幸せな悩みである。

牛車はやがて、彼岸花(ひがんばな)が咲き乱れる花畑に行き着いた。

炎のように美しい赤い花が、見渡す限り咲き誇っている。

まさに、胸を打つ絶景だ。

牛車から降り、手を繋いで、ふたりで彼岸花(ひがんばな)の花畑を散歩する。かなりの広範囲に花が咲いており、建物や木などはいっさい視界に入らない。

まるで彼岸花(ひがんばな)の海を泳いでいるようだった。

「こんなにきれいなところ、見たことがありません」

「気に入ったか？」

「はい、もちろんです！」

里穂は、弾けんばかりの笑顔を朱道に向けた。

そんな里穂を、虚を衝かれたように見つめる朱道。

「ここは、雪成が言うには、デ……」

朱道が、なぜか中途半端に言葉を止める。

舌でももつれたのか、デ、デ……と言いにくそうに繰り返していた。

（……デ？）

「……デ、デエトスポットと呼ばれる場所らしい。お、女が喜ぶ場所だと聞いた」

里穂は噛み噛みの朱道を、きょとんとして見る。

だがすぐに、溢れるほどの喜びが胸に湧いた。

古今最強の鬼と称えられている彼は、戦いはお手のものだが、女の扱いに関してはからきし駄目だった。

それなのに、里穂のために、雪成に聞いてデートプランを立ててくれたらしい。

かわいくて、思わず「ふふ」と声に出して笑ってしまう。

「……何かおかしいか？」

「いいえ。朱道様、大好きです」

かわいいと言ったら心外だろうと思い、別の言葉で誤魔化した。

朱道の手をぎゅっと握って、とびきりの笑みを浮かべると、彼の目がみるみる見開かれた。

「ああっ、くそっ！」

ブンブンと激しく頭を振る朱道。

「どうかされましたか？」

「……どうもしない、気にするな」

片手で口元を押さえ、赤らんだ顔を隠すように朱道はうつむいている。

負け知らずの彼が、今すぐ嫁を抱き潰したい衝動に負けそうになっているなど、里穂は知る由もなかった。

その後は牛車で山を登り、虹色の滝をふたりで見ながら昼餉（ひるげ）をとる。

「わあ、美味（おい）しそう……！」

出がけに雪成に渡された五段の重箱には、見るも鮮やかな料理が、所狭しと詰められていた。化け茸の煮凝り(にこご)に、珍魚の南蛮漬け、手毬よもぎ餅、紫人参と海老(えび)の金箔和え、車螯(しゃごう)の赤胡麻煮。

豪華な弁当に、舌鼓(したつづみ)を打つ。

その後も山を登り、峠を越える。そこには、毛羽毛現グッズを販売している雑貨屋があった。

里穂が喜ぶと思って、朱道が連れてきてくれたのだ。

うちわ、置物、提灯(ちょうちん)、財布、指人形、雪駄(せった)。里穂は遠慮したのだが、朱道が大量に毛羽毛現グッズを買い込み、牛車があっという間にいっぱいになってしまう。

帰り道で、里穂は朱道にたくさん話をした。

育児舎の二号棟を作ろうと考えていること。鈴音達、狸あやかしの姉弟のこと。そして手はかかるが、かわいい樹のこと。

朱道はどんな些細(ささい)な話も、里穂から一寸も目を逸らさず、真剣に聞いてくれた。

(本当に、怖いくらい幸せだわ)

できればずっと、こうして彼の隣にいたい。

だから、彼にふさわしい立派な后にならないといけない。

そのために、里穂ができることは今のところただひとつ。

（よし！　明日からも、身を粉にして育児舎で働くわ）

里穂は改めて決意した。

牛車は今、広大な竹林に面した土道を走っている。

どこまでも続く竹林を眺めているうちに、胸がざわついた。

この景色、見覚えがある。

（夢で見た場所に似ているんだわ）

似ているというだけで、同じ場所だとは限らない。

それでもどうも気になり、朱道に聞いてみる。

「随分広い竹林ですが、有名な場所なのですか？」

「ん？　この場所か？」

窓枠に頬杖をつき、里穂を見つめていた朱道が、外の景色に視線を移した。

「ああ。ここはたしか、〝通い路（かよいじ）〟がある場所だ」

「通い路（かよいじ）、ですか？」

「お前も何度も通っているだろう。人間界に通ずる門のことだ。あやかし界には七ヶ所の通い路がある」

「御殿の裏にある社殿のことですか？　通い路という呼び名があったんですね」

初めて知る事実に、俄然興味が湧いた。

当たり前に利用しすぎていて、あやかし界と人間界を繋ぐあの社殿がどういうものか、深く考えたことがなかった。

改めて、竹林に目を向ける。

（夢で見た場所に似ているなんて、きっと偶然よね）

どこにでもありそうな竹林だ。別の竹林を見ても、おそらく似ていると思っただろう。

里穂はそう考え、それきりそのことは忘れてしまった。

その日の夜。

里穂は湯浴みを済ませ、行燈の光に照らされた寝所内で、寝る支度をしていた。

布団の上に座り、楽しかった今日一日のことを思い出していると、樹の顔が頭をよぎる。

（お利口にしているかしら）

出会ってまだ数日なのに、一日会わなかっただけで、様子が気になって仕方ない。

樹はそれほど目が離せない、いわゆる問題児だった。一方で、手がかかるからこそのかわいさも併せ持っている。

里穂が今日育児舎を休むことは、豚吉の母親が、皆に伝えてくれたはずだ。樹の耳にも入っているだろう。

悲しい思いをさせたに違いない。

（明日は、金平糖でも持っていこうかしら）

「おい」

物思いにふけっていると、声がした。

いつの間にか、朱道が隣に胡坐を掻いて座っていた。

「朱道様……！　いらっしゃっていたのに、気づかず申し訳ございません」

慌てて頭を下げたものの、朱道はどこか不服そうである。

「また育児舎のことを考えていたのか」

「えっ！　あ……はい」

バツが悪くなり、里穂は縮こまった。

昨夜、育児舎にかまけて外泊が続いたのを、咎められたばかりだからだ。

すると朱道が、フッと息を吐くように笑った。それから、肩下まで伸びた里穂の黒髪に触れてくる。

「そんな顔をするな。考えるくらいなら構わない。頑張っているお前を見るのは悦ばしいと言っただろう。だが――」

毛先を滑った彼の手が、流れるようにして、里穂の顎先を捕らえた。

どろりと甘い空気が、じわじわと肌を苛む。

見上げると、里穂を見つめる切れ長の目が、熱っぽい色を帯びていた。

いつの間にか、吐息を感じるほどの距離にいる。否応なしに、里穂の心臓が跳ねた。

「――今宵は、俺のこと以外考えられなくしてやる」

言うやいなや、唇が落ちてくる。

口づけを、呼吸をする間もないほど情熱的に繰り返された。

思考が根こそぎ奪われていく。

彼の燃えるような眼差し、急くような呼吸、掌の温もり。すべてが全力で里穂を求めていた。

目の前の貪欲な鬼に、心も体も、余すところなく奪いつくされてしまう——本能で、そう感じた。

このうえないほどの充足感と、自分が自分でなくなるような少しの恐怖。

これが愛されている証拠であることを、里穂はもう、うすうす知っている。

「里穂」

敷布に押し倒されながら、耳元で名前を呼ばれた。

「ますます美しくなったな」

「そんなことは……」

絶対にないと思う。むしろ子供達の世話に忙殺され、自分の容姿に気を遣う間もなく、美しさからは遠ざかっている。

それなのに本気の目をしている朱道は、異常に思えた。

獰猛さを孕んだ瞳とは対照的に、壊れ物を扱うような優しい手つきでそっと抱きしめられる。

「俺の嫁は、この世で一番美しい」

うっとりとした声で囁かれた。

「本音を言うと、こんなにも美しい嫁を、俺以外の誰にも見せたくない。たとえ子供であってもな。お前が大勢に見られる苦行に、死ぬ気で耐えているんだ」

放たれた言葉はひどく子供じみているのに、心が震えるような喜びを感じてしまう。

そんな里穂もまた、異常なのだろうか。

誰もが恐れる彼が、そういった子供っぽいところを自分だけに見せてくれるのが、たまらなく嬉しい。

里穂は朱道の気持ちに応えるように、柔らかな赤い髪をそっと撫でた。

それから彼の両頬を捕らえると、赤い目をじっと見つめて微笑む。

自分が、どれほど魅惑的な微笑み方をしているのかも知らずに。

「心配なさらないでください。たとえ誰に見られても、私は朱道様のことだけを、いつも心の奥で考えています」

朱道が、悪戯(いたずら)な笑みを浮かべた。

まるで犬がじゃれるように、高い鼻梁(びりょう)を擦りつけられる。

「そうか。俺を煽ったことを後悔するなよ」

宣戦布告のように言い放たれたあと、獣のようなキスが落ちてくる。

体中の熱が飽和するような感覚に溺れそうになり、闇雲に伸ばした里穂の手を、大きな掌（てのひら）が絡めとって敷布へと縫いつけた。

ふたりきりの濃密な夜が更けていく――

……――そなたが愛しい。

聞いたことのない男の声がする。

――ああ、こんなにも愛しいぞ。

その声は、しきりに愛を伝えてきた。

切羽詰（せっぱつ）まったような声色から、彼の切実な気持ちが伝わってくる。

眼前に浮かんだのは、白く長い髪の男。

まるで霞（かすみ）がかかったかのようで、はっきりと顔は分からないが、見覚えのない男なのはたしかだ。

スラリとした、細身の体躯。

指先も、男らしいというより、どちらかというと繊細だ。

抱きしめられる感覚にも、繋いだ手の感触にも、まるで覚えがない。

それなのに里穂は、彼に嫌悪感を抱くどころか、温もりを分け合えることに喜びを感じていた。

――ずっとそばにいると約束する。

熱い吐息とともに、耳元で囁かれる。

全身を真綿にくるまれたかのような心地よさ。

ため息が漏れるほどの安堵感を覚えながら、里穂も彼にすべてを委ねた――……


コココココ……

三足鶏が、小刻みに鳴いている。

逞しい腕の中で、里穂はぱちりと目を開けた。

朱道が里穂をきつく抱きしめながら、スースーと規則的な寝息を立てている。

夫の寝顔にホッと安らいだ直後、火がついたように焦りが込み上げる。

動揺のあまり、大声で叫びそうになるのを必死にこらえた。

（私、夢の中でなんてことを……！）

よりにもよって、見知らぬ男に抱かれていた。

つまり、夢の中で不貞を働いてしまったようだ。

あわあわと身じろいだせいか、「ん……」とさらに強く抱きしめられる。

がんじがらめにされ、彼の温もりをあますところなく全身に感じると、ますます罪悪感が募っていった。

夢は願望の表れだと、どこかで聞いたことがあったから。

（まさか浮気願望が……？　いいえ、そんなわけないわ！）

ぶわっと、背中に冷や汗が出た。

里穂はあとにも先にも朱道一筋だ。

他の男に目がいったことなど、生まれてこの方一度もないし、この先も絶対にないと言い切れる。

とにかく、嫉妬深い朱道のことだ。

夢の中とはいえ、別の男とむつみ合ったと知られたら、大変なことになってしまう。

（絶対に知られないようにしなくちゃ）

冷や汗をダラダラ掻きながら、この秘密は墓場まで持っていこうと、里穂は強く心に誓ったのだった。

第二章　后の威厳

政所（まんどころ）にある、大広間での定例会議中。

朱道は上座で胡坐（あぐら）を組み、臣下達の報告に耳を傾けていた。

この定例会議は、あやかし界の全土から集まった臣下達の報告を聞く場だ。問題を協議し、新案を決めることもある。

今日は、賃金の値上げをはじめとした多くの議案を承認した。

『昨晩久しぶりにお后様と過ごされたおかげで大変機嫌がよろしい』と、臣下達がホクホクしながら耳打ちし合っていることなど、朱道は知る由もない。

最後に、東方の管理者である大天狗が立ち上がる。

大柄な朱道ですら見上げるほどの巨体の彼が、深刻な表情を浮かべる。

「このところ、反帝派の動きが東方の各地で見られます」

「今に始まったことではないだろう」

朱道は欠片も動揺せずに答えた。

朱道が帝の位についたときから、反対派は根強く存在している。

歴史あるこのあやかし界の君主が、腕力だけでのし上がった、どこの馬の骨とも知れない粗暴な鬼であることに難色を示す者達が集まり、結成した派閥だ。中には、いまだに先帝の酒呑童子に心酔している者もいる。

だが多かれ少なかれ、反対派は、どんな政権のときも蔓延るものだ。

それが、君主制のさだめ。気に病むまでもない。

「そのことに関しまして、私からも報告がございます」

三つ目族の、御殿の警備隊長が手を挙げた。

「反帝派が不穏な動きを見せているのは、東方だけではございません。昨日、帝を罵りながら御殿に岩石を投げつけようとした悪鬼を、数匹捕まえました。おそらく反帝派の手先でしょう」

「御殿に岩石を？　そんな愚かなことをする輩がいたのか」

酒呑童子を倒したことにより、古今最強の鬼として、朱道は名が知られている。

反帝派が蔓延っているとはいえ、そんな帝が住まう御殿に、正面から攻撃を仕掛けてくる者はまずいない。屈強な兵士が揃った兵舎が敷地内にあるのも抑止力になっている。

「悪鬼どもは口を揃えてこう言っていました。『美しい妖狐様。あの御方こそが真の帝にふさわしい』と。手引きをしているのは妖狐と思われます」

「妖狐だと？」

朱道は片眉を上げた。

あやかし界に、狐のあやかしは数多存在する。御殿街道を歩いているだけで、多くの狐あやかしとすれ違うほどだ。

だが、狐族はそもそも力に乏しく、それゆえ地位も低い。さらに清らかな心を持っている者が多いため、悪だくみに加担するとは考えにくかった。稀に特殊な例もあると聞くが、反帝派を率いる頭領としては違和感がある。

（妖狐か、どうしたものか）

妖狐を片っ端から捕らえて拷問するのは、冷酷と謗られる己でもさすがに気が引けた。

それに、たとえ頭領であろうと、妖狐ごときねじ伏せられる自信があった。

気がかりなのは、反帝派の攻撃対象が、朱道だけとは限らない点だ。嫁を娶って間もないこともあって、どうしても里穂の身を案じてしまう。

「警備隊長、まずは御殿の警備を強化しろ。怪しい者はいっさい敷地に入れるな。御殿街道の警備体制も見直せ」

「ははっ。すぐにそのようにいたします」

「それから后の護衛を増やす。表立っては引き続き陰摩羅鬼に任せるが、ほかに陰から見守る者を、兵士の中から数名用意しろ」

「御意」

殺伐とした空気を放ちながら、朱道は立ち上がる。大広間に集っている臣下が、サッといっせいにひれ伏した。

藍色の着物の裾を翻し、颯爽と大広間をあとにする朱道。

「雪成、いるか」

「はい、ここに」

廊下に出るなり呼ぶと、すぐに聞き慣れた声が背後からした。

「今から育児舎に行く。案内しろ」

「なるほど。お后様が心配なのですね。承知しました、すぐに牛車を手配いたしましょう！」

※

一日ぶりに育児舎に行った里穂は、玄関先で、いきなり樹に抱き着かれた。

「りほ！　オレ、いい子してたんだぞ！　りほがいなくて悲しくて暴れたくて仕方なかったけど、我慢したんだぞ！」

菫色(すみれいろ)の目をうるうるさせながら、里穂を見上げる樹。

白いモフモフの尻尾が、興奮のあまりせわしなく揺れている。

「たしかに、静かにはしてたさ。ずっとふくれっ面だったけどさ」

鈴音がやってきて、やれやれというふうに両手を肩まで上げた。

樹が、得意げに顔を輝かせる。

「ダメと言われたことはしないって、りほと約束したからな！　約束守ったんだぞ！」

「えらかったわね、樹。とってもいい子よ」

必死に訴える樹の頭を撫でてやる。とたんに樹は頬を真っ赤にし、尻尾をよりいっそうパタパタさせた。

「オレ、いい子か⁉ じゃあ、里穂はオレが好きか⁉」

「ええ、大好きよ」

抱きしめてやると、樹が頬をすり寄せてきた。

「そうか！ オレもりほが大好きだ！」

里穂は、気持ちをそのまま言葉にする樹がかわいくて仕方ない。

それにしても、ここまで慕われるとは、やはり惚気(のろけ)の才というものは恐ろしい。

喜び半分、不安半分といった心境で、里穂は樹のはしゃぐ姿を眺めていた。

豚吉の母親がうまく立ち回ってくれたようで、丸一日留守にしたにもかかわらず、育児舎の状況は落ち着いていた。

午後になると、何をするにもさんざん里穂に付きまとっていた樹は、気が抜けたように眠ってしまった。

(これでやっと、思うように動けるわ)

かわいいが、ずっと引っつかれているのはさすがに疲れる。里穂は遊戯室の隅に布団を敷いて樹を寝かせると、ホッと息を吐いた。

そして、おやつの支度をしていたときのこと。

台所にいると、門前で遊んでいた狸あやかしの三兄弟の悲鳴が聞こえてきた。

「ギャーッ！」

「おっかないポン～っ！　わ～んっ！」

「うわ～ん！　鈴音ねえちゃ～んっ！」

（どうしたのかしら？）

門前には、護衛の陰摩羅鬼がいるはずだ。あの怪鳥は少々頼りないものの、妖力は高いと朱道が言っていた。侵入者ごとき、簡単に追い払うはずだ。

それなのに子供達が泣きわめいているとは、いったいどういうことか。

慌てて玄関から飛び出した里穂は、目の前に広がる光景に驚愕する。

そこに、朱道がいたからだ。

後ろには腹を抱え、震えながら笑いをこらえている雪成もいる。

「朱道様……？」

朱道は、ピーピー泣きわめく狸あやかしの子供達を眺め、しかめ面をしていた。

里穂はそれが、彼が困っているときの顔だということを知っている。

「あっ、お后様！　見てくださいよ、主上が子供を泣かせてしまったんですっ！」

「俺はいっさい何もしていないぞ。目が合っただけだ」

「主上は、黙っているだけで迫力があるんですよ。大人でも怖いのに、子供にしたら地獄でしょう」

プフッと、笑いをこらえきれなくなっている雪成。

「これだから子供は苦手なんだ……」

朱道は長いため息を吐くと、ひょいとしゃがみ込んだ。そして泣きわめいている丼太の頭に大きな掌を乗せる。

「俺はお前らを取って食ったりはしない。だからいい加減泣きやめ」

ぎこちなくも、優しい撫で方。

見た目は怖いが、害を加えられることはないと気づいたのだろう。子供達が、次第に泣きやんでいく。

そして、葉太がおそるおそる口を開いた。

「鬼さんは誰ポン……？」

「この人はこう見えて、あやかし界の帝なんです」

朱道の代わりに、なぜか雪成が胸を張って答える。

三人の狸あやかしの子供達が、目をまん丸にした。

「帝って……しゅどうさま⁉」

「あの酒呑童子をやっつけた、しゅどうさまっ⁉」

「どうして、しゅどうさまがこんなところにいるポンかっ？」

目玉が飛び出そうなほど驚き、興奮する狸あやかしの子供達。

朱道が、フッと口元をほころばせた。

「それは、大事な嫁の様子を見に来たからだ」

それから立ち上がると、里穂を振り返る。

里穂はいまだ、状況が呑み込めていなかった。

「朱道様、どうしてこちらに？」

「今答えただろう？　お前の様子を見に来たんだ。育児舎の状況も把握しておきたかったしな」

優しく言うと、朱道は里穂に近づき、耳の下あたりに口づけてくる。

大勢が見ているところでの大胆な行動に、里穂はとたんに顔を赤くした。

「俺の嫁は、相変わらず美しいな。今朝まで一緒にいたのに、いつ見ても俺の目を喜ばせてくれる」

先ほどまでのツンケンした態度はどこへやら、急にとろけるほど甘い声を出す朱道を、子供達が唖然として眺めている。が、すぐに上を下への大騒ぎになった。

「キャーッ！　イヤーッ！」

「はれんちなっ、はれんちなものを見てしまったポン～ッ！」

「顔から火が出そうだポンッ！」

恥ずかしさのあまり、里穂は顔を両手で覆った。

「朱道様。子供達の前ではこういうことは……」

「子供だって、いつかは学ぶことだ。恥ずかしがる必要はない」

「……っ！」

ますます赤くなる里穂の後ろでは、一部始終を見ていた鈴音が度肝を抜かれている。

「えええっ！　嫁ってことは、里穂がお后様ってことかっ⁉　奴隷じゃなくってさ⁉」

門前での騒動がひとまず収まると、里穂は朱道に育児舎の中を案内することにした。

まずは二階をひととおり見て回る。

里穂の説明に、朱道は終始真剣に耳を傾けていた。

「ところで、変わったことはなかったか？」

一階に向かうために階段を下りていると、朱道が聞いてきた。

「変わったことといいますと？」

「誰かによからぬことを言われたり、不審な者が入ってきたり、そういったことだ」

里穂はかぶりを振った。

「いいえ。皆さんすごく親切で、本当にありがたく思っています。それに、いつも門前で陰摩羅鬼さんが守ってくれてますから、安心して過ごすことができていますし」

「キョエ！　キョエエッ！（里穂様！　もっと言ってください！）」

門前から陰摩羅鬼の鳴き声が聞こえたように思うが、気のせいかもしれない。

「それに、モジャもいますから」

「モッフゥ～！」

懐から顔を出し、モジャが誇らしげに鳴いた。

「そうか。それならいいが、万が一ということもある。くれぐれも、不審な者は中に入れないように」

「はい、分かりました。気をつけます」

朱道の言うことはもっともだった。子供達の安全のために、日々気を抜かないことが大事だ。

食堂を見学したのち、遊戯室にたどり着く。

子供達は、今日も元気いっぱいだ。

鈴音はアマビエの赤ん坊のおむつ替えに忙殺され、豚吉と猫又の子は泣きわめく河童の子供をあやしている。

「子供ってほんと体力ありますね……！　兵士三人くらいなら、やり合ったら負けちゃうんじゃないんですか？」

雪成は狸あやかしの三兄弟に背中に乗られ、くたくたになっていた。

「今度はあっちに行くポン！」

「さっさと歩くポン！」

「ひ〜っ！」

そんな中、遊戯室の隅で、樹はひとり熟睡している。

里穂との再会に興奮しすぎて、疲れてしまったようだ。

「むにゃむにゃ……」

寝返りをした拍子に、白いモフモフの尻尾が布団を剥いでしまった。

里穂はそちらに行くと、布団をかけ直してやる。

あどけない寝顔を見ながら、頭を撫でた。白い三角耳が、気持ちよさげにピクピクと動いている。その様子を眺めていた朱道が、ふと聞いてきた。

「その子は？」

「樹です。この中では、一番新しい子なんです」

朱道が、わずかに眉をひそめる。

「妖狐の子供か」

「はい、そうみたいですね。それがどうかされましたか？」

妖狐は珍しいあやかしではない。育児舎にも、もうひとり妖狐の子がいる。

「――いや。深い意味はない」

すると、樹がぱちりと目を開けた。

近くで話していたから、起きてしまったらしい。

「……りほ？」

まだ半開きの目をこすりながら、樹が起き上がる。

「ごめんなさい、うるさかったわね。起きちゃった？」

優しく声をかけると、樹が里穂の着物の袖をぎゅっと掴んできた。

一瞬前までの寝ぼけまなこはどこへやら、何やら真剣な目を向けてくる。

「りほ、どこにも行くなよ」

「大丈夫。今日はずっと近くにいるわ」

起きて早々、里穂を猛烈に恋しがる樹。

舌ったらずな物言いがなんとも愛らしくて、里穂は微笑ましくなった。

そのとき、走り回っていた三つ目の子が、ドンッと里穂の背中にぶつかってくる。

「きゃっ」

「あああっ！　りほさま、ごめんなさい！」

中腰になっていたせいで、よろめいてしまう里穂。

だがすぐに、屈強な腕が里穂の体をガシッと受け止めた。

「大丈夫か？」

朱道の胸に顔を預けながら、里穂はこくこくと頷いた。朱道との距離が異様に近いせいで、頬に熱が集まる。

夫婦なので今さらだが、普段とは違う場所で抱きしめられると、いつも以上に恥じらいが込み上げる。

そんなふたりを、樹が菫色(すみれいろ)の目をまん丸にして見つめていた。が、すぐに白髪を猫のように逆立て、ギギッと歯を食いしばる。

「りほ。それ、だれだ？」

どうやら樹は、帝である朱道を知らないらしい。

今にも朱道に飛びかかりそうな表情は、敵対心を剥(む)き出しにしていた。

里穂が口を開く前に、朱道がそれに答える。

「里穂の夫だ」

心なしか威圧感がにじみ出ているのは、気のせいだろうか。

「おっと……？」

「里穂は俺のものという意味だ」

子供相手になんて言い方だろうと思うが、彼らしいといえば彼らしい。里穂は、心の中でそっとため息を吐く。

朱道を見上げる樹の顔に、戦慄（せんりつ）が走る。

そして、菫色（すみれいろ）の目にみるみる涙が浮かんでいった。

「そんなの、いやだ!!」

声を震わせ、ポロポロと涙を流しながら、わめく樹。

「えーん、いやだよ～!!」

建物全体が揺れ動きそうなほどの大声に、皆がびっくりしている。

里穂は慌てた。

「泣かないで、樹」

背中をさすって慰めるが、樹はなかなか泣きやまない。

それどころか、くるりと宙返りして立ち上がると、ものすごい勢いで移動し、朱道の腕に噛みついた。

「……痛っ！」

樹はあっという間に隅に移動して、朱道に向かってべーっと舌を出している。

噛まれた腕を押さえる朱道の顔に、みるみる怒気がにじんでいった。

周囲にいる大人だけでなく、子供までもが、噴火寸前の帝を見て狼狽(うろた)えている。

「このくそ餓鬼……っ！」

（朱道様が本気でお怒りになられている！　大変だわ！）

里穂は急いで樹に駆け寄ると、かばうように背に隠した。

「朱道様、どうかお許しください。来たばかりで、まだ分別がついていないところがあるのです」

必死に懇願する里穂を見て、朱道がぐっと唇を噛む。

しばらく逡巡したあと、朱道はどうにか怒りを鎮めてくれた。

そして、しぶしぶといった口調で言う。

「……お前がそう言うなら仕方ない」

「朱道様、ありがとうございます」

ホッとして笑みを浮かべる里穂。

朱道の表情にようやく落ち着きが戻り、里穂を見つめる瞳に優しさが浮かぶ。

「あまり長居をすると離れがたくなる。そろそろ行くぞ、雪成」

「御意。ではお后様、またお会いしましょう〜！」

「ええ〜！　ゆきなりっ、もっと遊びたかったポンッ！」

「しゅどうさまも、もっといてほしいポンッ！」

あやかしの子供達に惜しまれながら、朱道と雪成は育児舎をあとにした。

育児舎に、いつもどおりの風景が戻る。

それなのに、樹はいつまでも布団の上に胡坐を掻き、腕を組んで拗ねていた。

「りほ、本当にあの赤いのがおっとなのか？」

着物の裾をぐいっと掴まれ、ふてくされた顔でそう聞かれる。

なかなか機嫌が直りそうにない。

惚気の才の影響か、はたまた常日頃面倒を見ることが多いせいか、樹の里穂への執着は想像以上のようだ。

どうしたものかと、里穂は途方に暮れた。

「ええ、そうよ」

「あいしているのか？」

「え……っ！」

まさか幼い子供の口からそんな言葉が飛び出すとは思いもよらず、里穂は飛び跳ねそうになる。

「そ、それは……」

子供相手に、正直に答えるべきか否か。

頭がパニック状態になる。

（どうしよう。でも、嘘をついても余計に樹が混乱するだけだわ）

里穂は正直に答えることにした。

「あ、あ、あいしているわ……」

真っ赤になり、舌をもつれさせながら、かろうじて言葉にできた。

その瞬間、樹の顔が蒼白になった。

悲しげに眉を下げ、耐えるようにぎゅっと唇を引き結んでいる。

先ほどまでのような怒った雰囲気ではないが、納得しているふうでもない。

ひどく悲しませたのだと分かり、なおさら罪悪感が募る。

（正直に答えない方がよかったのかも）

里穂が後悔したときだった。

「りほなんかきらいだ。もう出ていく」

樹がつぶやき、唐突に天井近くまで高く跳び上がる。

身体能力は高い方だと思っていたが、まさかこんなにも跳躍力があるとは思わず、一瞬呆けてしまう。

その隙に樹は壁を蹴り、跳ねるようにして、あっという間に窓から外へと出ていった。

「樹……？」

窓の向こうをくまなく見渡しても、もうどこにも樹の姿はない。

風のような速さでどこかに行ってしまったようだ。

（本当に出ていってしまったの……？）

あんな小さな子供を、またひとりにするわけにはいかない。

里穂が焦っていると、鈴音が近寄ってきた。

「何かあったのか？」

「樹が、窓から外に飛び出してしまったの。家出したみたい」

「ええっ！　どこ行ったのさ⁉」

「分からない。捜してくるから、鈴音は子供達のお世話をお願い！」

「分かったのさ！」

　里穂は、大急ぎで玄関から外に駆け出た。

　門前にいた陰摩羅鬼に頼み込み、手分けして、周囲をつぶさに捜す。

　樹はどこにもいなかった。

　御殿街道で聞き込みをしたところ、ものすごい勢いで走る白い妖狐の子供の姿を見たという証言が、複数あった。

　目撃情報をもとに、樹の行方を辿っていく。途中で、御殿の裏手にある、石燈籠が並ぶ砂利道の前を通った。この先には、通い路のひとつである社殿がある。

　白群青色の空の下、そこには濃霧が漂っている。

　里穂の胸に、一抹の不安が込み上げた。

（まさか、社殿を通って人間界に行ったってことはないわよね……）

※

曇天の空は、今にもひと雨きそうな気配だ。

六月末の、じめじめとした雨模様の日。

花菱煌は、花菱家の長い廊下を、忍び足で進んで玄関を目指していた。

（大丈夫だ。誰もいない）

だが。

「どこに行くの？」

背後から声がかかり、ギクッと凍りつく。

振り返ると、双子の姉の麗奈が立っていた。

「大学は休みなんでしょ？　お姉様のお茶に付き合いなさいよ」

腕を組み、ふんぞり返りながら、煌に刺すような視線を向けてくる麗奈。

煌は慌てて、得意の人懐っこい笑みを浮かべた。

「別に出かけるつもりなんてなかったけど。もちろんそうするよ」

居間に向かう麗奈の後ろに続きながら、バレないようにため息を吐く。

休みの日に家にいるのが耐えられないので、裏の山で時間をつぶそうとしていたのだが、あえなく失敗に終わってしまった。

麗奈の勘の鋭さに、嫌気が差す。

居間に着くと、麗奈はドカッとソファーに座り、横柄な口調で使用人に紅茶を淹れるよう命令した。煌も愛想笑いを浮かべつつ、向かいに腰かける。

使用人が震えながら紅茶を給仕する。イラついた表情でそれを飲む麗奈を、煌は絶望的な気持ちで眺めていた。

このところ、麗奈の機嫌は以前にも増して悪い。

煌はエスカレーター式で付属高校から大学に進学したが、退学した麗奈はそれが叶わず、近場の女子大に進学した。

花菱家の名声もあり、麗奈の大学生活は当初順調だったようだ。だが高校時代の悪行がどこからか明るみに出て、この頃は大学でも肩身の狭い思いをしているらしい。

高校時代の悪行とは、友人の彼氏と関係を持ち、里穂に罪をかぶせた、あの件である。

「あのどこの馬の骨とも知れない女が、のうのうとあやかしの帝の庇護のもとで贅沢をしているなんて許せないわ」

麗奈が、割らんばかりの力でティーカップを握りしめる。

「由緒正しい花菱家の血筋の私が、こんなひどい目にあっているというのに……！」

煌もティーカップに口をつけながら、ひっそりと顔をしかめた。

何百回と聞かされた愚痴を、また耳にしなければならないのか。

父親をあやかし界の牢獄に連れていかれ、あやかしの帝に里穂に二度と危害を加えるなと念を押されながら、麗奈はまだ懲(こ)りていなかった。母の蝶子(ちょうこ)も然(しか)りだ。

愚かとしか思えない彼女達の執念深さには、ほとほとうんざりする。

「ちょっと煌、聞いてるの？」

「もちろん聞いてるよ、姉さん」

煌はまた、にへらと笑って純朴な弟を演じる。

「あなたもあの女が許せないでしょう？　私があやかし界の后になっていたら、百々塚家と繋がりができて、次期当主のあなたも恩恵を受けられていたのに」

「そのとおりだね。ボクのことを考えてくれるなんて、姉さんは相変わらず優しいな」

ニコニコと、仔犬スマイルを浮かべる自分に反吐が出そうだ。

　そのとき、着物姿の蝶子がドアから姿を現した。

「麗奈ちゃん、またあの女のことを思い出したの？　あらあら、かわいそうに」

　隣に座り、なだめるように麗奈の肩を抱き寄せる蝶子。

「納得がいかない気持ちはよく分かるわ。あの孤児の娘は、家畜と同等の存在。折檻して当然なのに、そんなことで罰せられるなど、不条理にもほどがあるもの。掟だかなんだか知らないけれど、私達の方こそ、暴挙に泣き寝入りさせられている完全なる被害者だわ」

　蝶子はむちゃくちゃな持論を語り、浮かんだ涙をハンカチで拭っている。

「本当にそう。ママの言うとおりよ」

　麗奈が大きく頷いた。

「どうにかして、パパだけでも助けられないかしら」

「麗奈は優しい子ね。こんな優しい子がひどい目にあうなんて、やっぱり許せないわ。パパもそうよ。あんなに素晴らしい人なのに、なぜ懲罰なんて受けないといけないの？　なんとしてでも助けないと」

目の前で繰り広げられる大袈裟なやり取りに、煌はげんなりした。

あやかしの帝に牽制され、しぶしぶ大人しくしているものの、蝶子と麗奈は、いまだねちっこく里穂を恨み続けている。父である稔（みのる）が監獄に入れられたのも納得がいかないようで、どうやったら救えるかと、日々画策していた。

このふたりには、現実が見えていない。

高慢さに溺れ、見る力を失っているのだ。

煌は日を追うごとに、この家の異様さが目につくようになっていた。

「煌、あなたもかわいそうな子。パパに会いたいでしょう？」

「うん、もちろんだよ」

「そうよね。何度も言っているけど、パパは何ひとつ悪くないのよ。すべてはあの女のせいなの。泣き言を言わずに耐えているあなたは、本当に偉いわ。さすが男の子ね」

蝶子が、幼子（おさなご）に話しかけるように猫撫で声を出す。

煌の背筋に、ぞくっと怖気が走った。

やはりこのふたりは、盲目的に煌を褒めたがる。煌だって、心に闇を抱えているというのに、それに目も向けずに。

彼女達にとって、煌は自分のエゴを満たすための道具にすぎないのだ。

――『金輪際、私に触れないで。話しかけもしないで』

いつか聞いた里穂の声が、耳の奥で蘇った。

あの瞬間、震えがくるほど体が歓喜したことを、今でもはっきり覚えている。

やはり煌には、ダメな自分を叱ってくれる里穂が必要だ。

そう自覚してから、彼女といると、ホッとした。

ギスギスした心に、春風が吹いたような心地になるのだ。

そばにいることが叶わなくとも、せめてこれまでのことを許してほしいと願っている。

だが。

――『過ちを受け入れ、己を卑下しながら生き続けろ。それがお前にできる精いっぱいの贖いだ。そしてもう二度と里穂には近づくな』

里穂を己のものにしたあの赤い髪の男のセリフを思い出し、煌は唇を噛んだ。

卒業式の日、必死に懇願したのに、里穂は煌を許してくれなかった。

あの日から、心にぽっかりと穴があいたような日々を送っている。

だが、それだけのことを里穂に対してやってしまった自覚はある。

煌にはもう、己の行いを悔いる道しか残されていないのだろう。

（なんでこんなことに）

行き場のない怒りが、胸中に渦巻いた。

どんなにあがいても、里穂を手に入れられない運命が憎い。

すべては、自分をこんな人間にした、母と姉のせいだ。

煌の心中など露知らず、麗奈と蝶子は不快極まりない会話を続けている。

「ママ、どうにかして里穂の弱みを握るのよ。そしてパパを解放してと脅すしかないわ」

「そうね。けれど、あやかしの帝に見つかると厄介だわ。見つからないように行動する手立てを考えないと」

虎視眈々（こしたんたん）と機会を狙おうとする彼女達を、吐き気をこらえながら軽く睨みつける。

すると、そんな煌に気づいて麗奈が眉をひそめた。

「なによ、煌。怖い顔して」

我に返った煌は、慌てて仔犬スマイルを浮かべ直す。

「ごめん、お茶が苦くてさ」

「もう、相変わらずお子ちゃまね」

麗奈が呆れつつも甘やかすような声を出したときのことだった。

「うえ～ん！」

けたたましい子供の泣き声が、家の外から聞こえてくる。

「うえ～ん！　かえれなくなっちゃったよ～！」

花菱家の塀のすぐ外側で泣いているようだ。

まるで、地面が割れんばかりの声量だった。

あまりの声の大きさに、麗奈と蝶子が不機嫌な顔つきになる。

「うるさいわね！　人が大事な話をしてるっていうのに！　誰か黙らせてきて！」

蝶子が鬼気迫る形相で、使用人に向かって怒鳴り散らした。

使用人達が、玄関の方にすっ飛んでいく。

「花菱家の周囲で騒ぐなんて、なんてふとどきな子供かしら」

「ママ、捕まえてこらしめましょうよ。ついでに親も探し出してとっちめてやりましょう」

蝶子と麗奈の不穏な会話を、煌は作り笑いを浮かべながら聞いていた。

すると、泣き声の様子が変わる。

「りほ〜！　どこにいるんだ〜っ！　りほのバカぁ〜！」

蝶子と麗奈が会話をやめ、顔を見合わせた。

「ママ。あの子今、里穂って言った？」

「言ったわ。里穂って、まさかあの里穂かしら？」

蝶子が、煌に鋭い目を向ける。

「煌、すぐにあの子供を捕まえるのよ。あの子供が里穂を知っているなら、何か弱みが握れるかもしれないわ」

「うん……。分かった」

無駄なことを、と思いつつも、煌は逆らえない。

聞き分けのよいかわいい息子、もしくは弟でなければ、この家では生きていけない。

そんな偏(かたよ)った考えを、幼い頃から徹底して刷り込まれてきたからだ。

急ぎ足で玄関を出て、子供の泣き声がする方に向かう。

号泣している子供を見つけた煌は、目をみはった。

白い三角耳とモフモフの尻尾を持つ、矢絣（やがすり）の着物姿の子供が、地面にぺたんと座っていたからだ。

「え〜んっ！　りほ〜！」

（化け狐ってやつか？）

近年、人間界において、あやかしはまず見かけない。

三百年前に、ふたつの世界の交流はほぼ途絶えたからだ。

（あやかしの子供なら、帝の嫁の里穂を知っていてもおかしくはないな）

蝶子の目論見は、あながち的外れでもないようだ。

個人的にも、里穂の近況を知ることができるかもしれないと胸が高鳴る。

卒業式の日以降、里穂とはまったく顔を合わせていない。

「おいガキ、うるさいんだよ。とりあえず泣きやめよ」

化け狐の子を見下ろし、乱暴に声をかける。

子供が、菫色（すみれいろ）の目でキッと煌を睨んだ。

目つきが思いのほかきつく、少し鳥肌が立つ。

「なんだよ、おまえ。だれだ?」

舌ったらずながらも強気な口調で、化け狐の子供が尋ねた。

煌は、「うっ」と言葉に詰まる。

考えてみたら、子供の扱いもあやかしの扱いも、よく分からない。

(とりあえず襟ぐりをひっ掴んで連れていけばいいか)

そうは思うものの、先ほど見た鋭い目つきのせいか、なぜか若干の恐怖心が芽生えていた。

「かわいらしい狐さん。かわいそうに、迷子なのね」

狼狽えていると、背後から声がした。

よそゆきの、しとやかな顔をした麗奈が立っている。どうやら煌を追ってやってきたようだ。

「里穂を呼んできてあげましょうか?」

化け狐の子供が、とたんに目を丸くした。

「おまえ、りほを知っているのか?」

「ええ、とっても仲良しなの。いいわ、呼んできてあげる」

首を傾げてにっこりと微笑む麗奈。

「ほんとうか？」

化け狐の子供は、涙で濡れた目に期待をみなぎらせている。

「本当よ。だけど少し時間がかかるから、私の家で待つといいわ。美味しいお菓子を出してあげるから、いらっしゃい」

化け狐の子供が、素直に立ち上がった。

「こっちよ。私のあとについてきて、かわいらしい狐さん」

化け狐の子供を花菱家の屋敷へと案内しながら、麗奈が、自分の隣を歩く煌にそっと耳打ちした。

「いいことを思いついたわ」

傲慢な姉のしたたかな笑みに、煌は嫌な予感がする。

ヒソヒソと耳打ちされた計画は、予想以上にひどいものだった。

「ね、最高の計画でしょ」

「うん、そうだね……」

煌は複雑な思いで、白いモフモフの尻尾を揺らし意気揚々と歩く化け狐の子供を、そっと盗み見た。

※

くまなく捜したが、やはり樹はどこにもいない。

まさかという焦りが増していく。

なすすべがなくなり、最終的に、里穂は通い路のひとつである社殿に行き着いた。

ここに来るのは、卒業式の日以来だ。

樹がたまたま見つけた社殿の中で休憩し、うっかり人間界に運ばれてしまった可能性はなきにしもあらずだ。

（人間に見つかったら、大変なことになるかもしれないわ）

人間達はあやかしを見慣れていない。

そのため、あやかしが人間界に姿を現したときは騒ぎになりがちだ。そうならないよう、人間界に来る際、朱道は角を隠しているし、雪成も姿を隠している。

だが何も知らない幼い樹は、人間界でも、無防備な姿のままでいるだろう。それどころかあの性格なので、人間に盾突く危険もある。

里穂は不安を抱えつつ、社殿の中に入り込んだ。板の間でじっとしていると、やがてじめりとしたあたたかな空気を感じる。

気温がないあやかし界に長らくいるので、久々の感覚だった。

以前ここを通って人間界に来たときは、まだ肌寒かったはず。いつの間にか季節が流れ、初夏を迎えたらしい。

里穂が社殿の外に出ると、曇天の空が広がっていた。今にもひと雨きそうな気配だ。

そんな中、木々が鬱蒼（うっそう）と生い茂る山の中を進む。

この山は、一方は花菱家に、もう一方は百々塚家の別邸に繋がっている。

どちらに向かうかはすぐに決まった。

（樹が、あやかしに忠誠を誓っている百々塚家の人に見つかっても問題はないわ。危険なのは、花菱家の方よ）

花菱家の方向に下山すると決めて一歩を踏み出したとき、ふいに戸惑いが込み上げてきた。

これまで勝手にひとりで人間界に行き、その度に朱道に迷惑をかけたことを思い出したのだ。ひとりで行動するのは得策ではないことを、里穂は身をもって学んでいる。

ましてや今の里穂は、后という立場。

樹の行方が心配とはいえ、慎重に考えて行動するべきだ。

（一度戻って、朱道様に人間界を捜索してほしいとお願いした方がいいわね）

焦る気持ちをぐっと押し殺し、里穂は山の中腹で踵を返した。

すると。

「おい、待て！」

背中から声がして、里穂は身をすくませた。

煌が、必死の形相でこちらへと走ってくる。

（どうしていつも煌にばかり会うのかしら）

待てと言われても、従う必要はない。

里穂は煌を無視して社殿に戻ろうとした。だがあっという間に追いつかれ、両手を広げて行く道をふさがれる。

「お前に用があるんだ」

ゼエゼエと息を吐きながら、煌が言う。

「……私にはありません」

里穂の冷たい態度に、煌は一瞬傷ついたような顔を見せた。

そこで、別の声が背後から聞こえてくる。

「そういうわけにはいかないわ」

ぞくりと背筋が震える。その声に対する恐怖心は、今でも肌に染みついていた。

恐る恐る振り返ると、麗奈が立っていた。

両腕を組み、勝気な表情で里穂を見ている。

麗奈とこうして対面するのは、本当に久しぶりだ。たしか騙されて花菱家に連れていかれ、朱道が助けに来てくれた、あのとき以来である。

「ちょうどいいところに来たわね。あっちの世界に行って、帝に見つからないようあんたを捜す手間が省けたわ」

父親をあやかし界の監獄に送られ、里穂に近づかないよう朱道から忠告されている麗奈は、人が変わったように怯えながら暮らしていると聞いていた。

それなのに、今はどうしてこんなにも堂々としているのか。

里穂の胸に違和感が渦巻く。

するると、麗奈が里穂に向けてスマホを突き出した。

「この化け物の子、知ってる？」

画面を見て、里穂は息を呑んだ。

縄で手足を拘束され、猿ぐつわを噛まされた樹の姿が映っていたからだ。

（小さな子供に、なんてことを……！）

燃え上がるような怒りが、沸々と湧いてくる。

やはり樹は人間界に迷い込み、あろうことか花菱家の人達と鉢合わせてしまったようだ。

「知っているわ……」

どうにか怒りを押し殺し、震え声で答える。

麗奈がニヤリとした。

「やっぱりそうだったのね。この化け物の子が、泣きながらあんたの名前を呼んでいたから、もしかしたらと思ったのよ。見てのとおり、今はうちにいるわ。この子を解放してほしければ、あんたひとりですぐに屋敷まで来てちょうだい。話し合いたいことがあるの」

樹が泣きながら自分を呼んでいたと聞いて、里穂は胸を痛めた。

どうしてもう少し早く、見つけてあげられなかったのだろう。

純粋な子供を利用して、里穂をおびき寄せようとしている麗奈に、よりいっそう怒りが募る。

稔が投獄されたからといって、実のところ、麗奈はまったく反省していないようだ。

おそらく蝶子もそうだろう。

彼女達の愚かさ、そして情けのなさには、怒りを通り越して呆れすら込み上げる。

（絶対に、またよからぬことを考えているに違いないわ。話には乗らない方がいい。だけど、樹は助けたいし……）

里穂は押し黙り、葛藤する。

そんな里穂を馬鹿にするように、麗奈がフフンと鼻で嗤った。

「黙っちゃって、どうしたの？　何も取って食おうってわけじゃないのよ、私達はあんたと話し合いがしたいだけ。この子がどうなってもいいの？　残酷なお后様ねぇ」

薄ら笑いを浮かべながら、麗奈は何やらスマホを操作している。

「話し合うつもりがないようだから、ママに電話して、その化け物の子を今すぐ始末してもらうわ」

スマホを耳に当て、「あ、ママ？」と明るい声を出す麗奈。

里穂は真っ青になった。

彼女達なら、本当に樹を痛めつけかねない。

「待って！　やめて、お願い！」

「あらそう」

麗奈が、耳からスマホを離した。

「じゃあ、来てくれるの？」

「……行くわ」

「そう、よかった！　安心したわ」

ニコッとわざとらしいほどの笑みを浮かべ、麗奈がスマホをポケットにしまう。

麗奈の隣で、煌が暗い顔をしている。

（煌も……グルなのよね）

自分を変えたい――たしか煌は、以前里穂にそう言った。

だが結局のところ、こうして、これまでどおり麗奈に従う道を選んだのだ。

期待していたわけではないが、心のどこかで残念に思ってしまう。

里穂と目が合うと、煌は気まずそうにすぐに逸らした。


久しぶりに、花菱家の門をくぐる。

麗奈に連れていかれたのは、奥まったところにある二間続きの和屋だった。以前里穂が捕らえられたときにも使われた、稔の部屋だ。

樹は床の間のあたりに、両手足を縄で縛られた状態で転がされていた。

「う～！　うう～！」

里穂に気づくと目を見開き、猿ぐつわを噛まされた口から唸り声を上げる。

目の下には、幾筋も涙の痕があった。かなり泣きじゃくったようだ。

「樹！」

「ダメよ、話し合いが先よ」

駆け寄ろうとした里穂を、麗奈が腕を突き出して制する。

悔しさから、里穂は唇を噛んだ。だが樹を人質に取られた状態では下手に動くこともできず、従わざるを得ない。

何もできない自分がもどかしくて、どうにかなりそうだ。

「久しぶりね、里穂。元気そうじゃない」

握った拳を震わせる里穂の前に姿を現したのは、蝶子だった。

艶（あで）やかな紫色の着物姿で、冷淡な笑みを向けてくる。

「……お久しぶりです、お母様」

青ざめた顔で樹を見ている里穂に、蝶子は愉快げな視線を送る。

「あなたとずっと話し合いたいと思っていたのよ。あちらの世界に行ってから、そんな機会もなくなってしまったでしょう？　娘なのだから、たまにはこの家に帰ってきてもよさそうなものを」

麗奈の代わりに生贄（いけにえ）としてあやかし界に送り込んだくせに、いったいどの口がそんなことを言うのか。里穂はせり上がる怒りをどうにか呑み込んだ。

「単刀直入に言うわ。あなた、あの化け物の子供を取り戻したいのでしょう？　ならば解放する代わりに稔さんを返してちょうだい」

高圧的な蝶子の態度に、里穂は背筋を震わせた。

怯（ひる）みそうになる気持ちを、どうにか奮い立たせる。

「そういうわけにはいきません。お父様は、掟により牢獄に捕らえられています。帝との約束をお忘れでしょうか？　それにこうして樹に危害を加えた時点で、あなた方も同罪です。帝がこのことを知れば、間違いなく監獄送りになるでしょう」

するとと蝶子が、さもおかしいとでも言うかのように高らかに笑う。

「三百年前の口約束よ、もはや効力なんてないわ。それより、そんな不確かな制約を掲げて稔さんを不当に捕らえている方が重罪よ。けれど百歩譲って、稔さんを返してくれたら許してあげる。面倒だから、あの鬼にはこのことは黙っていてちょうだい。苦労してあなたを育ててやったのよ、恩には報いなさい」

ギロリと里穂を睨み据える蝶子。

彼女の命令が絶対だった頃の感覚に襲われ、里穂はゴクリと喉を鳴らした。

蝶子が理不尽なことを言っているのは充分分かっているのに、染みついた服従心が里穂を惑わせる。

里穂の葛藤が伝わったのか、蝶子が勝ち誇ったような笑みを浮かべた。

麗奈も、かつての傲慢な顔で里穂を眺めている。

「う～、うう～」

そのとき、苦しげな樹の唸り声が聞こえ、里穂はハッと我に返る。

縛られた両手足をジタバタさせ、菫色の瞳を潤ませながら、樹が里穂を見つめていた。

樹のあわれな姿に、里穂は目を覚ます。

そして背筋を伸ばすと、蝶子を睨みつけた。

「掟云々の前に、あなたはなんの罪もない子供を、こんなにひどい目にあわせています。それだけで大罪だと、お気づきになられないのですか？」

長らくうつむいていた煌が弾かれたように顔を上げ、里穂を見た。

「大罪ですって⁉」

蝶子は上ずった声を出したあと、麗奈とそろって笑い声を響かせる。

「化け物を縛っても、罪にはならないわ。馬鹿な女ね、そんなことも分からないの？」

麗奈がヒイヒイと笑いながら里穂を罵った。

（ああそうだ、こういう人達だった）

染みついた彼女達への恐怖心が、一気に霧散していく。

朱道に愛され、あやかし達の真心に触れている今は、彼らの愚かさがより鮮明に分かる。

「化け物という言葉は、あなた達の方がよほどお似合いです」

冷酷な言葉が、口をついて出た。

落ち着いた声とは裏腹に、里穂の胸の中は怒りで煮えたぎっている。

あやかしの帝の后としての威厳が内側から滲み出て、里穂を毅然とさせた。

蝶子が柳眉を吊り上げる。

「なんですって？」

「その子を解放してください」

怯むことなく蝶子を見据え、圧を加えるようにゆっくりと近づいていく。

「誰に向かって口をきいていると思っているの⁉　立場をわきまえなさい！」

蝶子が目を血走らせ、怒りの声を響かせた。

「立場をわきまえるべきなのは、そちらです。あなた方も、牛鬼によって地獄へ引きずり込まれたいのですか？」

里穂の淡々とした物言いに、蝶子と麗奈が血相を変える。

麗奈が震え声で言った。

「な、なによ……。あんたには、そんな力ないくせに」

「どうでしょうか。結婚した今は、以前とは状況が違いますから」

麗奈の顔色が、目に見えて青くなった。

もちろん、后といえど、里穂には朱道のように牛鬼を呼ぶ力はない。だが真実味を与えるために、堂々と振る舞った。

麗奈は悔しげに唇を噛むと、懐に手を入れ、木の柄のついた短刀を取り出した。

それから鞘を取り去り、銀色の刃物をあらわにすると、素早くそれを樹に向ける。

今度は里穂が息を呑む番だった。

「あら？　顔色が変わったわね。化け物のような力が使えるなら、こんな小さな刀、今すぐ奪えばいいじゃない。それともさっさと牛鬼とやらを呼ぶか」

何も言い返せずにいると、麗奈が肩を震わせて嗤った。

「やっぱりハッタリなのね、なんて見苦しいのかしら。でももう、手遅れよ。こんなに下手に出てやっているのに交換条件に応じないようだから、お望みどおりこの化け物を始末してあげる」

麗奈が、樹の喉元に向かって短刀を振り上げる。

サアッと、里穂の全身から血の気が引いていった。

里穂は樹を守るために、無我夢中で駆け出した。だがこの距離では間に合いそうにない。

自分の無力さに愕然（がくぜん）としたそのとき。

「――いたっ！」

麗奈の持っていた短刀が弾き飛ばされ、畳に音を立てて落下する。

今の今まで事の成り行きを傍観していた煌が、麗奈の手を蹴り上げたのだ。

麗奈は手をさすりながら煌をきつく睨んだ。

「煌、何をするのっ⁉」

声を荒らげ、煌に詰め寄る麗奈。

煌は殺気立つ姉に怯えることなく、きつい口調で言い放つ。

「姉さんも母さんも馬鹿だ。こんなことをしても、自分達を追い詰めるだけなのに」

「あなた……。今、お姉様に向かって口答えしたの？」

麗奈が目を見開き、わなわなと震える。

「天使みたいにかわいい弟が、私に口答え……？」

「俺のこと、何歳だと思ってるんだ。いい加減都合のいいように人のことを解釈するのはやめてくれよ」

ハッと、煌があざ笑うように言う。

麗奈の顔が、みるみる蒼白になった。

「『俺』ですって？　上品な息子が、いつからそんな乱暴な言葉を使うようになったの？」

麗奈と煌のやり取りを見ていた蝶子が、絶望に顔を歪め、両手で頭を抱える。

「あああ、私の煌までおかしくなってしまったわ……っ！　すべてはあんたのせいよ！　この売女めっ！」

蝶子はものすごい形相で里穂に飛びかかると、頬を勢いよく平手で打った。

大きな音が響く。

突然の衝撃に里穂はよろめいた。

口の中に、血の味がする。ぶたれた拍子に切れたようだ。

般若さながらの顔をした蝶子に掴みかかられ、身の危険を感じる。

蝶子が、再び手を高く上げた。

またぶたれる。そう思って、里穂が蝶子を睨みつけながらも歯を食いしばったときのことだった。

――ドンッ！

地鳴りのような音がして、屋敷全体が激しく揺れる。

里穂に馬乗りになっていた蝶子が、揺れとともに畳に転がった。

「きゃあああ！」

「ひぃぃぃぃ！」

屋敷が軋(きし)む音に加え、麗奈と蝶子の叫び声が響き渡る。

天井に壁に畳。屋敷のあちこちにミシミシと亀裂が入り、崩壊しようとしていた。

瓦礫がパラパラと落下し始めた室内から、死に物狂いで逃げ出そうとする蝶子と麗奈。煌は、戸惑ったように瓦礫をよけつつ逃げ道を探していた。

里穂も急いで樹に駆け寄り、いつの間にか眠ってしまっていた彼を抱き上げる。

縄と猿ぐつわを解いてあげたいが、逃げ出すのが先決だ。

ぎゅっと樹を抱きしめ、無我夢中で今にも崩れそうな廊下を走る。縁側から屋外に脱出したところで、ようやく地面の揺れが止まった。

屋敷は、かつての荘厳としたたたずまいが見る影もなくなっていた。

屋根が崩れ、壁は崩壊し、七割近くが瓦礫と化している。

崩壊によって舞い上がった粉塵が、あたり一帯に立ち込めていた。

（いったい何が起こったの……？）

里穂は樹を抱きしめ、呆然と庭先に立ち尽くした。

地震かと思ったが、塀越しに見える隣家にはなんの変化もない。

花菱家の屋敷だけが、まるでそこだけ狙われたかのように崩れ落ちている。

「ああ……、屋敷が、屋敷がぁ……」

蝶子が、弱々しい声を出しながらへなへなと地面に膝をつく。いつもの凛とした姿からは想像もつかないほど、疲弊しきっていた。美しい着物は土埃で汚れ、瓦礫が当たったのか、額や手から血を流している。

よく見ると、麗奈と煌も顔や体に傷を負っていた。

だが里穂と樹は、不思議と傷ひとつない。

運よく落下する瓦礫に当たらなかったのだろう。

里穂は樹の両手を縛っている縄と、猿ぐつわを外してやった。樹は、いまだあどけない顔でスースーと寝息を立てている。

（よく眠ってる。怖い思いをさせないでよかったわ）

無防備な寝姿に、里穂はホッと息を吐く。

「家がなくなっちゃったじゃないっ！　どうしろっていうのっ⁉」

瓦礫の山を前に、混乱した麗奈は自分の髪を掻きむしったり、奇声を上げたりしている。

やがて麗奈は、おそるおそるといったふうに里穂に顔を向けた。

「……あんただけどうして無傷なのよ。まさか、あんたの仕業なの……？」

説明のつかない怪現象を、里穂の仕業と思い込んだらしい。

先ほどのハッタリが真実味を帯びてきて、そう思わざるを得なくなったのだろう。

里穂は何も言わずに、ただ静かに麗奈を見つめ返した。

「ああ、もう終わりだわ……」

絶望の声とともに、蝶子がふらりと倒れる。心労がたたって、どうやら気絶してしまったらしい。

「ママ……っ！」

麗奈が蝶子に駆け寄り、まるで幼子のように泣きじゃくりながらその肩を揺らした。

「いやよっ、ママまでいなくなったら、私はどうしたらいいの……っ⁉」

麗奈の悲痛な声が、あたりに響き渡る。

だが突然、麗奈がガクンと膝から崩れ落ち、地面に突っ伏した。

どうやら眠ったようだ。

「うるさい。耳がおかしくなりそうだ」

雪駄が地面を踏み鳴らす音とともに、背後から不機嫌な声がする。

里穂は表情を輝かせた。

「朱道様……！」

「来るのが遅れてすまなかった」

里穂に近づき、愛しげにその髪を撫でる朱道。それから里穂の腕の中で眠る樹に視線を移した。

「いなくなったと聞いたが、人間界に迷い込んでいたのか。よりによってこの家の者に見つかるとは、運が悪いな」

朱道は苦い表情で言うと、崩壊した屋敷に目を向けた。続いて倒れている蝶子と麗奈を順々に見やる。

「それにしても何があった？」

「それが、私にもよく分からなくて……」

たまたま天災が起こったとしか言いようがない。だが、だとしたら、この屋敷以外は何の変化もないというのが解せない。

「まあいい、このことについてはあとで考えよう。まずは懲りずに掟を破り、こうしてそのあやかしの子供に危害を加えたこの者どもの処分が先だ」

朱道の赤い瞳から、里穂を見つめていたときの温もりがスッと消える。

あやかし界の頂点に立つ者の冷徹な目になると、朱道は掌を地面に向け、地を這うような声で告げた。

「出でよ、牛鬼」

しばらくすると、まがまがしい獣の咆哮があたりいっぱいに響き渡った。

地面からおびただしい量の黒煙が立ち昇り、とぐろを巻く。やがてそれは、牛の頭に蜘蛛の体を持つ異形へと変貌していった。

牛鬼がぎょろりと目を動かし、朱道を見る。

不揃いな牙から大量の涎を滴らせ、口からは絶えず不気味な唸りが漏れ出ている。

「その人間の女どもを監獄に連れていけ」

牛鬼は再び咆哮を上げると、蝶子と麗奈の体をがっちりと捕らえ、ズブズブと地面に沈んでいく。

意識のない蝶子と麗奈は、まるで人形のように無抵抗のまま消えていった。

「ああ、もうひとりいたか。牛鬼を呼び戻さないとな」

牛鬼が完全に見えなくなったところで、朱道が投げやりに言った。

彼の視線の先には、恐怖のあまり腰を抜かし、ブルブルと震えている煌がいる。

「あ、ああ、あ……」

涙を流し、言葉にならない声しか出せないでいる煌は、抗うすべすら忘れてしまったようだ。

里穂の胸に、複雑な思いがよぎる。

――『お前は畜生以下だな！　ほら、もっと舐めてキレイにしろ』

煌のことはたしかに憎い。だが。

――『お前にしてきたことを後悔してるんだ。どうか俺を許してくれないか』

（……私がするべきなのは、過去に怯え、彼から逃げることなのかしら？）

恐怖に引き攣っている煌を前に逡巡した。

思い浮かべたのは、里穂を慕うあやかしの子供達の笑顔だった。

それから、自分に無償の愛をそそぎ続けてくれる朱道の熱い眼差し。

こぶしをきつく握り込む。

（……いいえ。私がするべきなのは、責任ある立場として、物怖じせず上に立つことだわ）

「朱道様、待ってください。彼は共犯ではありますが、樹を助けてくれました。見逃してくれませんか」

牛鬼を呼び戻そうとしていた朱道が、腑に落ちない顔で里穂を振り返る。

「お前はそれでいいのか？　この小童にも、さんざんひどい目にあわされてきたのだろう？」

「はい。ですが、もうどうでもいいと思えるようになりました。今の私には、過去にこだわるよりもすべきことがあります」

目をすがめ、じっと里穂を見つめる朱道。

里穂は、揺るぎない意志を目に宿し続ける。

やがて、朱道は不服そうながらも微かに口角を上げた。

「そうか。お前がそう言うなら致し方あるまい。本当は死ぬまで地獄を見させたいがな」

「ありがとうございます」

里穂は、いまだ地面にへたり込んでいる煌に近づく。

それから、背筋を伸ばして彼を見下ろした。

「この先、花菱家の悪習を正し、由緒正しい名家にふさわしい姿に生まれ変わらせて。あなたにしかできないことよ」

里穂の強い視線に当てられたように、煌がゴクリと喉を動かす。

だが、煌は何も言わず、怯えたように里穂を見上げるだけだった。

「それができたとき、私はあなたを許します」

煌の表情が、泣きそうに歪む。

やがて煌は、こくりと首を縦に振った。

それを見届けると、里穂は彼に背を向ける。

朱道が里穂を守るように、そっとその背中に手を回した。

（きっともう、この屋敷に来ることはないわ）

樹を抱く朱道に寄り添われ、花菱家の門をくぐりながら、そんなことを思った。

この屋敷に、いい思い出などひとつもない。

だがもう、過去に囚われていた自分は捨てたのだ。

（さようなら。昔の私）

崩れかかった花菱家の門が、道の向こうに遠ざかっていく。

まるで里穂の心情を慮（おもんぱか）るように、朱道が優しく背を撫でてくれた。

第三章　古の記憶

朱道とともに、あやかし界に通じる社殿のある山に向かう。

「モッフ～！」

道中、モジャが朱道の懐から飛び出し、里穂の肩に乗ってきた。

「モジャ？　朱道様と一緒にいたの？」

「モフン！　モフモッフ！」

「その毛羽毛現が、お前に異変が起こったことをまた知らせてくれたんだ。お前には陰摩羅鬼以外にも護衛をつけていたのに、結局のところ役に立たなかった。その毛羽毛現が一番頼りになる」

眠る樹をまるで俵のように肩にかついだ朱道が、苦々しげに言う。

「まあ、そうだったのね」

モジャは、褒めてと言わんばかりに、里穂の肩でぴょんぴょん跳ねていた。

モジャの機転に、里穂はいつも助けられている。愛玩妖怪の中でも毛羽毛現は賢いとされているが、モジャは特別賢いように思う。

「ありがとう、モジャ」

モフモフの頭をよしよしと撫でてやると、モジャは満足げに喉を鳴らした。

（それにしても、陰摩羅鬼さん以外にも護衛をつけられていたのね。まったく気づかなかったわ）

朱道の過保護なまでの愛情を知って、ほんの少し嬉しくなる。

朽ちかけている小さな社殿に入り、扉を閉める。

室内が暗くなるやいなや、里穂の体が大きな温もりに包まれた。

樹を板の間に寝かせた朱道が、里穂を強く抱きしめている。

大きな体で抱きしめるその様子はまるですがっているようで、罪悪感が込み上げた。

「……朱道様。ご迷惑をおかけして申し訳ございません」

「まったくだ。だが、愚かな人間どもの仕業で、ある意味よかった。お前の異変を知ったとき、反帝派にさらわれたのかもしれないと気が気でなかったからな。やつらの手にかかったら厄介だ」

「反帝派、ですか？」

反帝派の存在は、里穂も少なからず知っていた。だが朱道の治世に反発をしているというだけで、別段目立った動きはしていないと思っていたが……

朱道がこのように言及するということは、なんらかの動きがあったのだろう。

「そのために、私の護衛を増やしたのですか？」

「そうだ、結局無意味だったがな。帰ったら奴らは厳重に罰しなければならない」

「私が勝手にうろうろしたのがいけないのです。どうかあまり厳しくなさいませんように」

「考えておこう」

朱道の平坦な口ぶりからして、情状酌量（じょうじょうしゃくりょう）の余地はなさそうだ。

陰摩羅鬼やその他の護衛を気の毒に思っていると、里穂を抱きしめる朱道の腕に力がこもった。

「それにしても、先ほどのお前は見違えるようだった。あの小童（こわっぱ）が召使いのように見えたぞ」

「朱道様の隣に立つにふさわしい存在でありたくて……。そのために、強くならなければならないと思ったのです」

朱道が肩をピクッと揺らし、ゆっくりと里穂の顔を覗き込んでくる。

暗がりの中で、炎のような瞳が里穂を見つめていた。

「お前はもともと強い女だ」

「そんなことはございません」

「初めて会ったときのことを覚えているか？　その儚い容姿で、お前は堂々と俺に食べてくれと願い出た。俺を見た者はたいてい怯えるか逃げ出すかのどちらかだから な。新鮮な経験だった」

あのときのことを思い出し、里穂は顔を赤らめる。

人間界で育った里穂もまた、朱道のことを誤解していた。あやかしというものを、私利私欲を満たすためにだけ行動する、無慈悲な存在のように思っていたのだ。

朱道は己の欲求にまかせて人を食らう化け物などではなく、他人の心に寄り添う優しい鬼だった。

強いばかりではない。優しさゆえの弱さを持ち合わせ、悩み、嫉妬もする。

本当の姿を知るにつれ、朱道に対する里穂の想いは膨らんでいった。

「今にして思えば、俺はあのときからお前に惚れていたのだろう。お前の秘めた強さに惹かれたんだ」

「秘めた強さなんて……」

戸惑っていると、朱道が愛しげに目を細めた。

「分からないならそれでいい。俺のために強くなろうと努力しているお前を見るのも悪くないからな。それに集中しすぎるあまり、放っておかれるのにはいささか不満があるが」

硬い指先が里穂の頬をすべり、顎先を捕らえた。

暗闇に慣れた目が、彼の端整な顔をしっかり映し込む。

甘い空気を察して瞼を下ろすと、キスが落ちてきた。

熱情をこすりつけるように、しっとりと重ねられる。

朱道のキスは、どんな状況であろうと、あっという間に里穂の思考力を奪ってしまう。

頭の中がぼうっとして、夢見心地になると同時に、体の奥にははっきりとした昂りが生まれる。

「モキュ……ッ！」

里穂の頭の上にいたモジャが、空気を察して里穂の懐に引っ込んでいった。

「それにしても、あの小豆小僧はいけ好かない」

何度か唇を重ねたあと、朱道が思い出したように苦々しげに言う。

「煌のことですか？」

「名前などどうでもいい。あいつはお前に気があるようだからな」

「まさか、そんなわけがありません」

苦虫を噛みつぶしたような顔をする朱道に、驚きを通り越して呆れてしまう。

たしかに煌にはお前が必要だと言われたが、それは彼の自己肯定感を満たすためであり、愛情からはほど遠い感情だ。

「正直に言うと、お前に近づく男は皆気に入らない。百々塚の息子もな。お前が悲しむと思って、死ぬ気で耐えているんだ」

ここぞとばかりにこぼされる声から、彼の嫉妬深さを再認識した。

前々から勘づいてはいたが、煌にもヤキモチを焼くとは、もはや重症だ。

里穂はふと、いつぞやに見た夢を思い出した。見知らぬ男と体を重ねるあれである。

（あんな夢を見たなんて知ったら、朱道様は我を忘れるのでは）

　背筋をヒヤリと冷たいものが伝う。

「どうした？　急に体が強張ったようだが」

「い、いいえ。なんでもございません。……あっ、そろそろ着いたようですね」

　いつの間にか板張りの壁の隙間から、青白い光が射し込んでいる。

　ホッとして朱道から離れようとしたものの、ぐいっと再び胸の中に閉じ込められた。

「あの、朱道様……？」

「まだ離れたくない。出てしまえば騒々しい奴らに絡まれるから、もう少しこうしていよう」

　甘えるように頭に頬をすり寄せられ、再び顔を近づけられる。

　だがその瞬間。

「りほから離れろ！」

　ゴンッと鈍い音がして、朱道が頭を抱えた。

　目を覚ました樹が、跳び上がって朱道に頭突きをしたのだ。

　樹は里穂に抱き着き、三角耳をピンと立て、仔猫のように牙を剥き出して朱道を威嚇している。

強烈な頭突きに悶えるあやかしの帝を前に、里穂は慌てふためいた。

「樹、こんなことしちゃダメって言ったじゃない！」

「だってあいつ、りほにひっつきすぎじゃないか」

樹は謝るどころか、朱道に向けて舌を出している。

自らの頭を押さえながら、朱道がそろりと顔を上げた。

ただでさえ強面の彼が凄んだ顔は、それはそれはすさまじい。

「おい、くそ餓鬼。前に許してやったからって、つけあがるなよ」

（愛する旦那様なのに、ものすごく怖いっ……！）

もはや手の打ちようもなく樹を抱きしめていると、バンッと扉が開いた。

そこには、満面の笑みを浮かべた雪成が立っていた。

「ちょっと、着いたなら早く出てきてくださいよ！　ずっと待ってたんですからね〜！」

雪成のテンションの高さに、修羅場はいったん収まった。

里穂は樹を抱いて、急いで社殿を出る。

「雪成さん、ご迷惑をおかけしました」

「いえいえ。お后様がご無事でよかったです。狐の子も見つかったようですね！」

「はい、おかげさまで」

（これほど雪成さんの登場をありがたく思ったのは初めてかも）

朱道も、不満そうながらも里穂に続いて社殿から出てきた。

ホッと息を吐いたのも束の間、里穂の腕の中で樹が声を荒らげる。

「オレはお前がりほの夫だなんて、納得していないからな！」

「おい、まだ懲りてないのか。勝手に逃げ出して俺に迷惑をかけておきながら、いい度胸だな」

「うるさい、お前はなにもしてないだろ？　それにあれくらい、ひとりでなんとかできた」

「なんだと？　餓鬼のくせに」

再びバチバチと火花を散らす朱道と樹。

（ああ、樹っ！　なんて頑固な子なの）

それに表情を引き攣らせ、あからさまにイラついている朱道も大人げない。

憎まれ口を叩いてくるとはいえ、相手は見るからに幼い子供なのだ。対等にやり合うべきではない。

「お疲れになられたでしょう。その子は育児舎まで僕が送っていきますので、お后様はこのまま主上と御殿にお戻りください」

雪成が、珍しく気の利いたことを言った。

すると樹が、突如里穂の胸元にすり寄ってくる。

白い尻尾をゆるゆる振って、どうやら甘えているようだ。

強気な態度で朱道とやり合ってはいるが、先ほどまで捕らえられて大泣きしていたのだ。よほど怖かったに違いない。

里穂は改めて樹をぎゅっと抱きしめた。

「りほと離れたくない。オレもりほと一緒にすむ」

「え……っ」

真剣な眼差しで、里穂を見上げる樹。

「それは……」

できないこともないだろう。だが、育児舎の子供の中で、樹だけを特別扱いするわけにはいかない。

怖い目にあったあとだけに、樹を甘やかしたくもあったが、ぐっとこらえた。

「ごめんなさい、それはできないわ」

「どうしてだっ！　こいつとは一緒に住んでるんだろっ⁉」

怒った顔で、樹がビシッと朱道を指し示す。

「俺は里穂の夫だ。一緒に住んで当然だろう」

若干得意げに答えている朱道は、やはり少し大人げない。

「ならオレも、りほのおっとになる！」

両手足をバタバタさせ、ダダをこねる樹。

これは、思っていた以上に里穂への執着が強いようだ。

惚気（のろけ）の才の影響かと思っていたが、ヒヨコが初めて見た生き物を親と認識してついて歩く、あの現象と似たようなものかもしれない。

樹の里穂への執着は、早めに緩和させておいた方がいい。そうでないと、彼自身も精神的に落ち着かず、この先暮らしづらくなるだろう。

里穂は意を決すると、抱いていた樹を地面に降ろす。それから目線の高さが同じになるようにしゃがみ込んだ。

「ごめんね、樹。私の夫は、この世でただひとり、朱道様だけと決めているの。どうか分かって」

子供だからと、その場しのぎな物言いをしても、やはり樹のためにはならない。それに樹は賢い子だ、いつかきっと分かってくれると信じていた。

真摯な目で告げた里穂を、じっと見つめる樹。

やがて樹は唇を噛みしめると、里穂から視線を逸らしてぼそりと言った。

「そうかよ……」

子供らしからぬ暗い表情に心が痛んだが、仕方がない。

里穂は心を鬼にして、雪成に育児舎までの樹の付き添いを頼んだのだった。

一夜明けて育児舎に行くと、玄関先を箒(ほうき)で掃いている鈴音に出くわした。

鈴音は里穂を見つけると、しましまの尻尾をピンと立て、顔を輝かせる。

「里穂！　里穂が樹を見つけたんだろ？　よかったのさ！」

「ええ。鈴音、留守の間ありがとう。樹はあれからどう？」

「反省して、すっかり大人しくなったのさ。今も静かに遊んでるのさ」

肩の荷が下りたというように、明るい表情で鈴音が言う。

「そう……」

昨日、別れ際に見た樹の暗い表情が脳裏をよぎる。

里穂は、樹が反省しているのではなく、落ち込んでいるだけなのだと分かっていた。

里穂が樹を案じていることに気づく様子もなく、鈴音がからりと言う。

「それにしても、里穂が帝の后だったなんて驚きなのさ。どうりで変な鳥の護衛がいたり、みんなに丁寧な言葉を使われたりしてたのさ」

「ふふ、見えないでしょ？」

「まったくそのとおりさ！　位の高い人間ってのはだいたいオーラが違うのさ。帝ももののすんごい威圧感だったし」

朱道を思い出したかのように、鈴音が身震いする。

「だけど里穂にはそんなオーラがまったくないのさ！　奴隷の方がしっくりくるのさ！」

「ハハ……、そう」

（分かってはいるけど、はっきり言われると少し傷つくかも）

苦笑いをする里穂。

「でも……あたしはそっちの方がいいと思うのさ」

だがそこで、鈴音が恥ずかしそうに目を伏せる。

「お高くとまるのは、里穂には似合わないのさ。子供も近づきがたいだろうし……」

もじもじと、鈴音がさりげなく里穂を褒めてくる。

そんな鈴音がかわいくて、里穂は思わずよしよしする。

「ありがとう、鈴音。いい子ね」

「だ、だから子供扱いするでないさ！　あたしはここの管理者なのさ！」

「そうね。とっても頼りにしてるわ」

このあやかしの少女は、この先もずっと心強い友人でいてくれるだろう。

里穂はそんな予感がした。

遊戯室に行くと、いつものようにあやかしの子供達が元気に遊んでいた。

「あっ、りほだポン！」

「おはようだポン！」

「見て見てりほ、鈴音ねえちゃんのにがおえが描けたポン！」

葉太に緑太に井太。三人の狸あやかしが、我先にと里穂の方に駆け寄ってくる。

「あら、上手に描けたわね。鈴音にそっくり」

「へへ。鈴音ねえちゃんも喜ぶポンかなぁ？」

「ええ、きっと喜ぶわ！」

子供達と語らっている途中、里穂はふと部屋の隅にいる樹に気づいた。

里穂が姿を現せば誰よりも真っ先に駆けつけていた彼が、こちらには見向きもせず、退屈そうに積み木をしている。

いつもの破天荒な樹とは似ても似つかない様子に、里穂の心が痛んだ。

（そのうち夢中になれることを見つけて、私へのこだわりなんか忘れるはず）

自分自身に言い聞かせたものの、子供達と遊んでいる最中も、樹のことが気になって仕方がない。

ふいに、樹が顔を上げてこちらを見た。

少し吊り上がった菫色（すみれいろ）の大きな目が、射貫くように里穂を見る。

その眼差しがあまりにも大人びて見えて、里穂の背筋が震えた。

だが樹はすぐに目を伏せ、また黙々と積み木を重ねる。

(今の、何だったのかしら?)

引っかかるものがあったが、里穂は気のせいだと思うことにした。

……――いつ見てもそなたは美しい。

甘く囁く、澄んだ男の声。

――愛しくて愛しくて、どうにかなってしまいそうだ。

視界の先で、純白の髪の毛がサラリと揺れる。

指を絡め合った掌が熱い。

こちらを一心に見つめる、宝石のように美しい瞳。

見つめ返していると、彼を愛しく思う気持ちが膨れ上がって、泣きたくなってくる。

目尻から零れ落ちた涙の滴を、彼は指先で優しく拭ってくれた――……

里穂は、ガバッと身を起こす。いつもの寝所だった。

ホーホーと鳴く三足鶏の声がするので、まだ夜のようだ。

(また、あの夢を見てしまった)

額にじわりと汗が浮かぶ。

顔が定かでない、見知らぬ男に抱かれる夢。

そのうえ里穂は、夢の中で、彼のことを心から愛しいと思っていた。

だが目が覚めた今は、まったくそうは思わない。まるで里穂の中に心がふたつあるようだ。

「どうした？　悪い夢でも見たのか？」

隣で寝ていた朱道が、眠たげな声で問いかけてくる。

「あ……っ、はい。そうみたいです。どんな夢かはまったく覚えていませんが！」

動揺した里穂は、慌てて弁解した。

子供の樹を相手にヤキモチを焼く朱道のことだ。やはり、夢のことは絶対に話さないでおくべきだろう。

「なんだ？　ひどく焦っているようだな」

「焦ってなんかいません……っ！」

もともと、嘘が得意なタイプではない。両手を振って大袈裟に否定してしまい、墓穴を掘ったかもと、さらに焦ってしまう。

そんな里穂を見て、朱道がクスリと笑った。

「なんだか今日のお前は面白いな。まあいい、かわいいから許してやろう」

朱道が里穂の肩を引き寄せて再び寝かせ、自分の胸に抱き込む。

それから、あやすように額にキスを落とされた。

「だが、悪い夢が続くようだったら、医者に診てもらうから言え」

「はい、ありがとうございます」

たしかに同じような夢を立て続けに見るなど、少しおかしい。

この機会に朱道に相談した方がいいのだろうかと思い悩みながら、腕の中からじっと彼を見上げた。

「どうした？　医者を呼んでほしいのか？」

目を細め、優しい声で尋ねられる。

（やっぱり相談なんてできないわ。だって、夢の中の内容を朱道様に話さなくてはいけなくなるもの。絶対に無理……！）

「いいえ、大丈夫です。起こしてしまい、申し訳ございませんでした」

里穂は笑って誤魔化し、もう一度眠りにつくために朱道に背を向けようとした。

だが腕に力を込められ、動きを阻止される。

「夜中にそんなふうに笑われたら、また朝まで離したくなるじゃないか」

「え、それはどういう……」

質問を終える前に、布団の上に組み敷かれる。

自分を見下ろす赤い目がとろけるほど甘い熱を孕(はら)んでいるのを見て、里穂は彼のセリフの意味を知り、受け入れた。

そして夜が明けるまで、素直に彼の温もりに溺れたのだった。

そんなある日のこと。

里穂がいつものように遊戯室で子供達の相手をしていると、庭先で遊んでいた猫又の子が駆け込んできた。

「りほさま、お客様だにゃ！」

「お客様？」

（朱道様かしら？）

立ち上がり玄関へ急ぐ。

玄関に立っていたのは、意外な人物だった。

サラサラの黒髪に、端整な顔立ち、そして漆黒のベストスーツを着こなす長身の男。

「百々塚さん……？」

「里穂様、お久しぶりです」

百々塚涼介。

あやかし界と深いつながりのある大財閥・百々塚家の御曹司だ。

人間にしては珍しい、異能者でもある。

涼介は以前、里穂を利用して朱道を陥れようとした。だが、哀れなあやかしの子供を保護していたことから、朱道は彼の罪を見逃した。

冷酷無慈悲と言われる朱道としては、異例の対応である。

涼介に会うのは、彼と朱道が百々塚家の別邸で争って以来だった。

久々に彼の姿を目にして、里穂は花開くように笑った。

「お久しぶりです。お元気でしたか？」

「はい、おかげさまで。里穂様もお元気そうで何よりです」

上品に微笑む涼介。

涼介が強力な異能で朱道を痛めつける姿を見たときは、恐怖を覚えた。だが、本当の彼は優しい心の持ち主だと、里穂は分かっていた。

彼も愛に飢え、孤独に育った人間だ。そして、品行方正な御曹司の仮面をはがせば無類の子供好き。

共通点が多いせいか、一種の親近感のようなものを覚えている。

「こんなところまで、どうされたのですか？」

人間があやかし界に来ることはまずない。といっても、あやかしと繋がりの深い百々塚家の御曹司である彼は、来られないわけではないが。

「里穂様が育児舎を作られたと聞き、一度見てみたいと思ったのです」

「百々塚さんのお耳にまで入っていたのですね」

「百々塚家には、あやかし界の出来事を定期的に教えてくれる者がいますので。后として素晴らしい功績です。心より尊敬しています」

「ありがとうございます……」

優秀な彼に褒められるのは素直に嬉しい。

密かに照れていると、涼介の背後からぴょこっと小さな子が姿を現した。

百々塚家の別邸で暮らしている、のっぺらぼうの子だ。

お気に入りの毛羽毛現のぬいぐるみをぎゅっと抱きしめ、まっさらな顔を赤らめながら、もじもじとうつむいている。

「ふふ、久しぶりね」

里穂が明るく笑うと、のっぺらぼうの子はパッと顔を上げ、とてとてと近づいてきた。

「りほさま、こんにちは」

「こんにちは。きちんとご挨拶ができて、とってもいい子ね」

よしよしと頭を撫でてやる。以前に会ったときよりもしっかりしたようだ。

「その子がどうしても里穂様に会いたいと言ったので、連れてきたのです」

「そうだったのですね。嬉しいです」

抱き上げると、のっぺらぼうの子は「きゃきゃきゃ！」とはしゃいだ。

しっかりしたように思えたが、やはり無邪気な子供だ。久々に会うから、きっと緊張していたのだろう。

そんな里穂とのっぺらぼうの子を、涼介は微笑みながら眺めている。

「立ち話もなんですから、どうぞ中にお入りください」

里穂は、客間にしている四畳半の和室に、涼介を通した。

あんなことがあったにもかかわらず、涼介とは思いのほか話が弾んだ。

といっても、話すのはもっぱら子供についてばかりである。

(百々塚さんは、本当に子ども好きなのね)

いつもかしこまったような笑みを浮かべている彼だが、子供の話をするときは心から微笑んでいるように見える。目の輝きが違うのだ。

百々塚家の別邸で世話になっていた頃は分からなかった姿に、里穂はしみじみと感じ入った。

「ところで、ご相談があるのですが」

話が一段落したところで、涼介が改まったように言った。

「はい、なんでしょう?」

「うちで暮らしている子供達を、このまま人間界に住まわせていいものか、迷っているのです。彼らはあやかしですから、いずれはこちらの世界に戻すべきではないかと」

百々塚家の別邸で住まう、のっぺらぼうの子をはじめとしたあやかしの子供達。あやかし界で不遇な境遇で育ち、涼介に保護された彼らを思い描き、里穂は頷いた。

「そうですね。先のことを考えると、たしかに同種の者がいる世界の方が暮らしやすいでしょう」

「そうなのです。そこで、ゆくゆくはここでお世話になることは可能でしょうか？　里穂様の管轄下なら安心ですから」

「もちろん大丈夫です。そもそもあやかしの子供達を、百々塚さんに預かっていただいている現状に恐縮しているくらいですし」

「ありがとうございます。安心しました」

涼介が、ホッとしたように笑う。やはり子供の話をするときの彼は、いつもより物腰が柔らかい。

「実はそろそろ二号棟を作ろうと思っているんです。ここはもう手狭ですので。出来次第呼んでもいいですか？」

「ええ、ぜひ」

育児舎の二号棟にするための物件は、すでに朱道が見つけてくれている。ここからそう遠くない場所だ。

二号棟の備品の準備や従業員の募集など、やることは山積みだ。

（忙しくなりそうね）

想像しただけで、気持ちが奮い立つ。順調に事が進んで、わくわくもしていた。

よし、と心の中で気合を入れている里穂を、じっと見つめる涼介。

「里穂様、変わられましたね」

「そうですか？」

「ええ。生き生きとしていらっしゃって、前よりもずっと、自信を持たれているように感じます」

里穂は、照れながら微笑んだ。

涼介の言うことは、あながち間違いではない。后としてはまだ不十分ではあるが、できることをコツコツと続ける努力だけはしている。

こういった努力の積み重ねが自信に繋がり、成功を手繰（たぐ）り寄せるのだろう。最近、そういう考え方ができるようになった。

「ありがとうございます。百々塚さんのような方にそう言っていただけて光栄です」

すると、廊下からドタバタと足音が近づいてくる。

「涼介にいちゃーん、入ってもいい？」

襖のすぐ向こうから、のっぺらぼうの子のあどけない声がした。

「すみません、里穂様。お話の途中で」

「いいえ、お気になさらないでください」

涼介が襖を開けると、のっぺらぼうの子供が彼の膝の上にぴょんっと飛び乗ってくる。

「どうかしましたか？」

「涼介にいちゃん。ボク、友達ができたの」

のっぺらぼうの子供が指差した先では、狸あやかしの三兄弟が、柱の陰からニコニコしてこちらを見ていた。

涼介が、のっぺらぼうの子の頭を優しく撫でる。

「それはよかったですね」

「だからね、今日はここに泊まっていい？　葉太と緑太と丼太ともっと遊びたいんだ」

出会ったばかりだというのに、育児舎の子供達とすっかり仲良くなったらしい。やはり、子供の順応力というものは素晴らしい。

「ですが、急には――」

「大丈夫ですよ、百々塚さん」

里穂は笑みを浮かべながら涼介の言葉を遮った。

「その子だけならなんとかなります。ここに慣れる、いい機会になるんじゃないでしょうか」

「そうですか、それはありがたいです」

それから涼介は、膝の上にいるのっぺらぼうの子に優しく声をかける。

「分かりました、泊まっていいですよ。明日老河童を迎えによこしますから、そのときに帰りましょう」

「ほんと⁉　やった～！」

のっぺらぼうの子は踊るようにして部屋を出ていき、こちらの様子をうかがっていた狸あやかしの兄弟と合流すると、きゃっきゃとはしゃぎながら遊戯室の方に戻っていった。

「子供の喜ぶ顔を見ていると、幸せな気持ちになりますね」

「ええ、本当に」

里穂の声に、涼介がしみじみと頷く。

「とにかく、里穂様の毎日が充実しておられるようでよかったです。帝はあなたを溺愛していますから、何不自由なく暮らしていらっしゃるとは思っていましたが」

ひと息ついたところで、涼介が言った。

「しかし、万が一なにか困ったことがあったら、いつでも僕を頼ってくださいね」

（困ったこと……）

涼介のその言葉で、里穂は、繰り返し見るあの夢について思い出す。

一瞬、彼に相談しようかという気持ちが頭をもたげた。

だがすぐに思い直す。

（いくらなんでも、あの内容を話すのは気が引けるわ）

「渋い顔をされていますが、何か困りごとがあるのですか？」

思い悩んだ一瞬のうちに、考えが顔に出てしまったらしい。里穂は慌てて平静を装った。

「あ、ええと。なんでもないです……」

「絶対に他言はしませんので、僕でよかったら話してください。お役に立てるか分かりませんが、里穂様の心を軽くすることぐらいはできると思いますよ」

聡い彼に、隠し事は無理らしい。

そんなふうに言われると、激しく心が揺らいだ。

現状、里穂には相談相手がいない。

事が事だけに、朱道に相談するのはまず無理だ。亜香里にも頻繁には会えないし、おしゃべりな雪成などもってのほか。その点涼介は、知識が豊富そうだし口も固そうだ。

里穂は、おずおずと口を開いた。

「……百々塚さんは夢についてお詳しいですか？」

「夢ですか？　いえ、残念ながらさほど詳しくはありません。気になる夢でも見られたのですか？」

「はい。それが……」

里穂は、夢の内容をしどろもどろに涼介に話した。

朱道ではない男に抱かれているという内容を言葉にした瞬間、羞恥で顔から火が出そうになったが、どうにかこらえる。

涼介は、思った以上に真剣に里穂の話に耳を傾けてくれた。

「なるほど。それは心中穏やかではいられないですね」

顎先に手を当て、涼介が考え込む。

「相手の男性の特徴は覚えていますか？」

「いいえ。起きたら忘れてしまうというか、いつも霞んだ映像のようで、はっきりとは見えないのです。なんとなく記憶にあるのは、髪の毛が白いということぐらいで」

「白い髪……」

涼介の表情に、影が差す。

里穂はだんだん不安になってきた。

「何かあるのですか？」

「いいえ、そういうわけではありません。やはりお役に立てないと、残念に思っただけです」

涼介が顔を上げ、いつもの優美な笑みを向けてくる。

「しいて言えば、里穂様の潜在意識にある欲求が表れているだけなのではないでしょうか？」

「潜在意識にある欲求？」

それはつまり、心のどこかで、朱道以外の男に抱かれたいと思っているということだろうか？

「そんなことは、絶対にありません……！」

ムッとして顔を赤くすると、涼介が愉快そうに目を細めた。

「冗談ですよ。里穂様が朱道様ひと筋なのは、充分に分かっています。とにかく、しょせんは夢です。あまりお気になさらない方がいいのではないでしょうか？」

そう諭（さと）されると、そんな気がしてきた。

実生活がこんなにも充実しているのだから、夢ごとき気に病む必要はない。

「そうですね。たしかに考えすぎだったのかもしれません。あまり気にしないようにします」

話が終わると、里穂は涼介に育児舎を案内した。

涼介は興味深げにあちこちを眺めている。

遊戯室を見学していると、鈴音が寄ってきて里穂に耳打ちした。

「里穂、ちゃんと人間の友達もいたんだな」

「ええ。友達……と言っていいのか分からないけど」

ひと言では説明しづらい関係だが、いずれそうなれたら。

笑顔で子供達と話している涼介を見ながら、里穂はそんなことを考えた。

そして、涼介と縁側を歩いているときのことだった。

庭の隅で、ポツンと遊んでいる樹を見つける。木の枝で地面に絵を描いている最中で、ひとりのせいか寂しげに見えた。

自分の夫は朱道だけだと告げたあの日から、樹はずっとこんな調子だ。

以前のような騒がしさはすっかり鳴りを潜め、一日中いじけたようにひとりで遊んでいる。まるで里穂に対して抗議しているようにも思えた。

複雑な思いを抱えながら、縁側を通り過ぎようとしたとき、涼介が突如足を止めた。

「あの子は、どういった経緯で育児舎に来たのですか？」

彼の視線の先には、しゃがんでお絵描きをしている樹がいる。

「樹ですか？　少し前に、門の前に倒れていたんです。両親もいないようなのでこちらで保護しました」

「なるほど、そうでしたか」

縁側から樹を眺める涼介。

「樹が、どうかしましたか？」

「いえ、かわいらしい子だなと思いまして。育児舎には、すぐに慣れましたか？」

「それが、いろいろとありまして……」

言葉を濁していると、ふいに樹がこちらを見た。

涼介といる里穂に気づき、キッと射るように睨んでくる。

幼子(おさなご)とは思えないその睨みの威力に、里穂は思わずすくみ上がった。

そのあとで、樹は見るからに泣きそうな顔になる。

「樹くん、こんにちは」

様子のおかしい樹に構うことなく、涼介が縁側から爽やかな笑顔で声をかけた。

樹はますます表情を険しくし、返事をすることなく、プイッと涼介から顔を背ける。

それから、逃げるように屋敷の裏へと走り去ってしまった。

（はあ……。いったい、いつまでこんな調子なのかしら）

「嫌われてしまったようですね」

樹の消えていった方向を見ながら、涼介が言う。

「すみません。つきっきりで面倒をみたせいか、私にひどく執着していまして、私が男性といると不機嫌になるんです」

「そうですか。まあ、子供とはいえ男ですから。気持ちは分からないでもないですが」

「そういうものですか……？」

恋愛感情が絡んでいるなら、そうかもしれない。だが幼い樹の場合は、恋愛とは別の執着だ。自分の母親を独り占めしたがる子供の感情に似ている。

涼介はなぜかそのまま口を閉ざした。

庭先に視線を向けながら、また何かを考え込んでいるようだ。

「あの……。どうかされましたか？」

里穂の声で、我に返ったようにこちらに向き直る涼介。

「そろそろ、お暇（いとま）しなければいけないと思いまして。御殿に行って、帝にも挨拶しておきたいですし」

「そうでしたか。たいしたおもてなしもできず、申し訳ございません」

「いいえ、とても有意義な時間でした。二号棟ができるのを心待ちにしていますね」

「ありがとうございます。また、ぜひ遊びに来てくださいね」


門前まで、涼介を見送る。

老河童を従えた涼介の背中が見えなくなったところで、里穂はふと心配になった。

(朱道様に挨拶に行くと言ってらしたけど、大丈夫かしら？)

朱道は涼介のしたことを許しはしたが、ふたりが親しげに話す姿など想像もつかない。

とはいえ、涼介はいずれ百々塚家を継ぐ立場。両者の関係は、この先よりいっそう切り離せなくなる。気まずかろうとなんだろうと、うまくやっていくよりほかにない。

中に戻ると、廊下で、走ってきた鈴音とぶつかりそうになった。

「どうしたの？　そんなに急いで」

「また樹がいなくなったのさ！　おやつだから声をかけようとしたんだけど、どこにもいないのさ！」

「さっきまでは庭にいたわ。庭も捜した？」

「もちろん、何度も捜したさ！　でもいないのさ！　きっとまた出ていっちゃったのさ！」

（まさか、私が百々塚さんといるところを見たから？）

以前の家出も、里穂と朱道が一緒にいる姿を見たのが原因だった。

最近は我慢しているとはいえ、里穂に異常な執着心を持つ樹なら考えられる。

（また人間界に行ったのかしら？　お母様も麗奈ももういないから、大丈夫だとは思うけど……）

とりあえず育児舎の周囲を捜してみようと、外に出る。

この界隈を捜して、見つからなければ、朱道の助けを借りよう。

そんなことを思いながら民家の建ち並ぶ裏通りを捜し回っていると、鬱蒼と草が生い茂る空き地に出た。鈴音達狸あやかしの姉弟と出会った場所だ。

空き地の奥には朱塗りの朽ちた祠があり、そこから狐の石像がじっとこちらを見ている。

ここが、この路地の突き当たりだった。

（いない……。引き返して、別の通りを捜さなきゃ）

肩を落としつつ、念のため祠(ほこら)の裏をのぞいてみる。

「あ……っ」

するとそこに、しゃがみ込んでいる樹がいた。

白い三角耳はだらんと垂れ、菫色(すみれいろ)の大きな目は涙で潤んでいる。

里穂はホッと息を吐くと、安堵の笑みを浮かべ、彼の前にしゃがみ込んだ。

「樹。こんなところにいたのね」

ちらりと里穂を見た樹は、すぐに唇を尖らせ、ぷいっとそっぽを向く。

里穂は構わず、彼に語りかけた。

「みんな心配しているわ。早く戻りましょう」

「いやだ」

「ずっとここにいるわけにはいかないわ」

「いやだ」

樹はなにを言っても『いやだ』の一点張りで、埒(らち)が明かない。

途方に暮れ、ため息が漏れたとき、突如樹が強い視線を向けてきた。

「さっきの男はだれだ？」

ふてくされた口調からして、やはり涼介のことを気に病んでいたらしい。

「お友達のような方よ」

「うそだ。あいつの目は、りほを女として見ている目だ」

「な……何を言ってるの？」

予想外の返しに、里穂はみるみる顔を赤くする。

とてもではないが、幼子の発言には思えなかった。

やんちゃな樹は、子供らしい子供なのに、ときどき妙に大人っぽい。

そもそも、涼介が里穂をそんなふうに見ているはずがない。

たしかに以前、妻になってほしいと言われたことがあるが、あれは朱道を煽るための虚言でしかなかった。

「そんなわけがないでしょう……！」

「りほは、本当にマヌケだな」

呆れたように、非難された。

（こんなにも私にこだわるなんて。いったいどうしたらいいのかしら）

里穂は、執拗なまでに自分に執着している樹がだんだんかわいそうになってきた。

それもこれも、彼が愛されずに育ったからだろう。

彼に、両親の記憶はないらしい。気づいたら存在していて、育児舎にたどり着くまで、何も疑問に思わずにひとりで生きてきたようだ。

おそらく、捨て子なのだろう。

思わず涙目になると、樹がぎょっとした顔をする。

「りほ、泣いてる……?」

里穂は自分の目に浮かんだ涙を、慌てて手の甲で拭った。

子供の前で、泣きたくなんかなかった。だが樹が抱えている孤独の深さを感じて、泣かずにはいられなかったのだ。

樹が、みるみる悲しげな顔になる。

「泣くなよ、りほ。泣いちゃいやだ」

口をへの字にしてベソを掻きそうになっている樹は、いつの間にか子供らしさを取り戻していた。

「ごめんね、泣くつもりはなかったの」

「……オレがわるかった」

ポツンと、ばつが悪そうに樹が言う。

「もう、りほを困らせたりしない。だから泣かないで」

「樹……」

精いっぱい背伸びした樹の優しさに、胸に熱いものが込み上げる。

気づけば、その小さな体をぎゅっと抱きしめていた。

育児舎で、たっぷり愛情をかけて樹を育てよう。そうしたら彼の孤独が埋まり、いずれ、不安定な心も落ち着くはずだ。

そして青年と呼べる年齢になった頃、彼に寄り添ってくれる存在が現れればいい。

里穂が、朱道に出会ったように。

そんなことを思いながら、小さな温もりを感じていると――

「り、りほ。苦しい……」

腕の中から、樹のうめき声がした。

「あっ、ごめんね！　つい……！」

慌てて体を離すと、樹が真っ赤な顔で里穂を見ていた。

「もうかえる……」

「ええ、そうね」

ニコッと微笑むと、樹はますます顔を赤くして、里穂から逃げるようにタタタッと育児舎の方に駆けていく。だが少し進んだところで、小石につまずいてべちゃっと転んでしまった。

「うえ～んっ！」

とたんに、火がついたように泣き出す樹。

里穂は慌てて樹に駆け寄ると、体を抱き起こす。

膝小僧がすりむけて、真っ赤な血が滲んでいた。これは痛そうだ。

「うわ～んっ!! いたいよ～っ!!」

樹はなかなか泣きやむ気配がない。

大人っぽいとは感じたが、こういうところはやはりまだ小さな子供だ。

（そうだわ）

里穂はしゃがみ込むと、泣きわめいている樹の膝小僧に手をかざした。

それから、すうっと息を吸い込む。

「お狐さま　お狐さま　いたいの食べて　遠くのお山に　持ってって」

痛みが消えるおまじないだ。幼い頃に、育った養護施設で教わったものである。

これを歌うと、怪我をして泣きじゃくっていた子供はたいてい静かになる。

思ったとおり、先ほどまで泣きわめいていた樹はピタリと泣くのをやめた。

菫色の目を見開き、食い入るように里穂を見つめてくる。

そんな彼の眼差しを目にしたとたん、耳の奥でなぜか、同じおまじないを歌う知らない女の声がした。体を冷風が吹き抜けていくような感覚がして、そわそわと落ち着かなくなる。

（このおまじない、本当に養護施設で教わったんだっけ……？）

物心ついた頃には当たり前のように知っていたので、勝手にそう思い込んでいたが、急激に違和感が込み上げた。

（教わった？　いいえ、違うわ）

教わったのではない、自分で作ったのだ。

――特別な誰かを想って。

全身がぶるりと震え、理由もないのに泣きたくなった。今の自分には、何か大事なものが欠けている気がする。

こんな妙な気分になったのは、生まれて初めてだった。

困惑する里穂を食い入るように見ていた樹の目がみるみる見開かれ、見たこともないような妖しい輝きを放つ。

「う……っ！」

直後、樹はうめき声を上げ、自分の喉元を押さえた。

いったい何が起きたのか、体中にびっしり汗をかいている。

「樹……っ⁉」

「うう……っ！」

樹がうめきながら、地面に倒れ込んだ。まるで激痛に耐えるようにもがいている。

（大変……っ！）

里穂は慌てて樹に触れようとした。その瞬間、彼の体から激しい突風が吹き、弾かれてしまう。

尻もちをついた里穂は、恐怖に震えた。

樹の体が、得体の知れない黒い煙に包まれていたからだ。立ち昇る煙に染められるように、空までもが黒くなっていく。

「樹……っ！」

黒煙の中にいる樹に向けて手を伸ばすが、突風のせいで近づくことすらできない。

突然起こった怪現象に、なすすべもなくただ焦りだけが込み上げる。

「どうしよう！　誰か……っ！」

死に物狂いで叫ぶが、突風の起こす轟音に掻き消されてしまった。

樹は無事なのだろうか。生きた心地がしないまま、うねうねと樹を取り巻く黒煙を眺めるだけの時間が過ぎていく。

巨大化した黒煙は、しばらくすると少しずつ薄れていった。

完全に煙が引いたあと、現れた影を目の当たりにして、里穂は息を呑んだ。

そこにいたのは、樹ではなく、見ず知らずの大人の妖狐だった。

真っ白な三角耳に、背中まで伸びた真っすぐな白い髪。切れ長の菫色の目に、高い鼻梁を持つ、中性的な顔立ちの男。身長はスラリと高く、派手派手しさはないのに、底知れない存在感がある。

「あなたは誰ですか……？」

里穂は尻もちをついたまま、震える声で問いかけた。

「樹をどうしたのですか……？」

樹を捜さなければと思っているのに、体が言うことを聞いてくれない。

同時に、目の前に立つ白狐に奇妙な既視感を覚え、焦ってもいた。

このような妖狐に会ったことなどないはずなのに、なぜそんなことを思うのか。

白狐はまっすぐに里穂を見つめると、菫色の目を細め、ゆっくりとこちらに近づいてきた。

逃げなければと思うのに、逃げたくないと思っている自分もいる。

未知の感覚に、焦りばかりが募っていく。

白狐は里穂の目の前で足を止めた。それから菫色の目を細め、声を出す。

《狂おしいほどに、そなたに会いたかった》

耳に心地いい、澄んだ声だった。

穏やかで、聞いているだけでたまらなく安心感を覚える。

朱道の声以外で、そんなふうに思ったことはないのに。

《おいで》

白狐が、里穂に向けて手を伸ばす。

その手を拒みたいのに、拒めない。

まるで金縛りにあったように、身動きひとつとれない。

（あれ？　私、泣いてる……？）

自分の頬を涙が伝っているのに気づいて、里穂はますます困惑した。

どうして泣いているのか分からないが、恐怖による涙ではないことだけは分かる。

《大丈夫だ。もうそなたをひとりにはしない》

白狐は悲しげに言うと、里穂に身を寄せる。次の瞬間、里穂の体が宙に浮いていた。

白狐が、里穂を抱き上げたのだ。

抵抗したくとも相変わらず体は言うことを聞かず、里穂は彼に身を委ねるよりほかなかった。

涙は、止まる気配がない。

彼の腕の中は、羽毛の中のようにあたたかく心地よくて――

気づけば里穂は、まるで術にでもかかったように、昏々と眠りについていた。

第四章　真の強さ

「主上、来客です！」

朱道が自室であやかし界の各地から寄せられた報告書に目を通していると、襖が開き、雪成が転がり込んできた。

いつもじっとしていない男だが、今日はさらに輪をかけて落ち着きがない。

朱道は文机に肘をつき、ギロリと雪成を睨んだ。

「来客？　誰だ」

「それが――」

雪成が言い終える前に、「失礼いたします」という穏やかな声がした。

開け放たれた襖の向こうに、男が立っている。

黒髪の見てくれのいい人間の男――百々塚涼介だ。

朱道は眉根を寄せた。

下剋上を目論んだ彼と争ったことは、記憶に新しい。

朱道を陥れるために里穂を利用した涼介だが、結果として朱道が彼の罪をとがめることはなかった。

涼介が、あやかし界の恵まれない子供の面倒を見ていたためだ。本来、帝である自分が対応すべきだった孤児問題に、この男は人間でありながら手を差し伸べた。

彼を罪に問わなかったのは自分自身を戒めるためでもあり、後悔はしていない。

だがひとつ、いまだに許せていないことがある。

戦いの最中、彼は里穂を妻にと望んだのだ。

朱道の闘争心を煽るための発言だったようにも受け取れるが、あながち冗談ではないことに、朱道は勘づいている。

皮肉なことだが、同じく里穂に惚れている身としては、彼の気持ちが分かるのだ。

朱道は脇息に肘をつき、憮然として涼介を見据えた。

朱道のただならぬ気迫に、部屋の隅にいる雪成が震え上がっている。

だが涼介は、怒りを滲ませている鬼を前にしても、落ち着いた態度を崩さなかった。

「ご無沙汰しております」

膝をつき、朱道に向けて丁重に挨拶をする。彼のそんな態度がまた、朱道の神経を逆なでする。

「ご立腹のようですね」

余裕たっぷりに、そんなことを言われた。

「まあな。下剋上を目論んだお前を赦しはしたが、お前そのものは嫌いだからな」

「随分厳しいお言葉ですが」

「里穂に妻になれと、戯言を吐いただろう？　里穂は冗談ととらえているようだが、本気だということは分かっている」

「鈍感なようで、案外鋭いですね」

「なんだと？」

あっさりと里穂への気持ちを認めた涼介に、自分の額に青筋が立つのが分かった。

「ひいいっ！」と、雪成が後ろの方で怯えている。

「けれども今の僕は、里穂様の従順な下僕でしかありません。それに、あなたの恩に報いる覚悟はできています」

涼介が、厳かに声を出す。その目に真摯さを感じ取り、朱道は怒りを鎮めた。

彼は本気でそう言っているのだろう。

里穂に好意は寄せているが、生涯下僕に徹すると。

気に食わないのはたしかだが、覚悟を決めているのなら目をつむる余地はある。

「次に裏切ったら、地獄の苦しみを味わわせて命を奪う」

凍てつく声を放つと、涼介の顔に珍しく微かな動揺が浮かんだ。

己が今どれほど凄まじい顔をしているかは、部屋の隅で震えている雪成を見れば分かる。

「……そのようなことは絶対にございませんが、重々承知しております」

室内に、沈黙が落ちる。

庭から聞こえる鹿威し(ししおど)の音が、大きく響いた。

「ところで何の用だ？　喧嘩を売りに来たわけではなかろう」

「はい。里穂様のことで、気になることがございまして」

「里穂のことで？」

「――ふたりきりでお話ししたいのですが」

涼介がちらりと雪成に視線を向ける。

「あっ、はいはい。邪魔者は出てますね〜！」

空気を察して雪成が部屋を出たところで、涼介が改めて口を開いた。

「『彩妃異録集』をご存じですか？」

「なんだそれは」

「初代あやかしの帝と、その后である彩妃の伝承を描いた絵巻物です」

涼介はその絵巻物の内容について説明し始める。

のちに初代帝となる妖狐は、十六夜の日に人間の少女と出会った。

やがて恋をし、ふたりは夫婦となる。

愛する妻を守るため、妖狐は隠し持っていた力を発揮し、あやかし界の頂点に昇りつめた。

だが彼の目的は、愛する后と一生寄り添うこと。それゆえ、彩妃が五十年と少しの生を終えたとき、彼は自らの命と引き換えに、愛する妻の再生を願った。

「幼い頃、『彩妃異録集』に魅せられて以来、僕は繰り返し目を通してきました。伝承について調べもしました。今ではこの世の誰よりもその絵巻物について詳しい自信があります」

朱道は眉をひそめる。

「その絵巻物と里穂に、なんの関係がある？」

「初代帝の后、彩妃も惚気(のろけ)の才を持っていたのです。ふたつの世界において、今まで惚気(のろけ)の才を持って生まれてきたのは、彩妃と里穂様のみです」

束の間、朱道は押し黙った。

「里穂が彩妃の生まれ変わりだとでもいうのか？」

「おそらくそうだと思われます。酒呑童子が花菱家と花嫁契約を結んだのも、祈祷師が彩妃の生まれ変わりを予言したからでしょう」

今は呪枝山(じゅしやま)に厳重に封印されている酒呑童子は、揺るぎない力を得るため、里穂の惚気(のろけ)の才を我が物にしようとした過去がある。もちろん、あえなく失敗に終わったが。

（生まれ変わり）

武闘派の朱道は、そういった抽象的なものが苦手だ。

里穂が彩妃とやらの生まれ変わりと言われても、ピンとこない。

「そんなことはどうでもいい。里穂は里穂だ。それ以外の誰でもない」

ピシャリと言ってのけると、涼介はいったん口を閉ざす。

それから低い声で凄んだ。

「里穂様が転生前の記憶を思い出しつつあるとしても、そんなに悠長に構えていられるでしょうか？」

「なぜそんなことが分かる？」

食ってかかるように言うと、涼介はわずかに怯(ひる)んだ顔を見せた。

逡巡するような素振りを見せたあと、その重い口を開く。

「奇妙な夢を見ると言っておられました。前世の記憶が影響を与えているのでしょう」

朱道は目をみはった。

たしかに、里穂が悪夢を見たと言っていたことがある。

「なぜ俺ではなく、お前にそんなことを話すんだ」

涼介はここに来る前に、育児舎に寄ったということか。

そして久々に会った涼介に、里穂は夢の悩みを打ち明けた。その事実だけで腹立たしい。

「内容が内容だけに、あなたには相談しづらかったのでしょう」

「内容だと？」

そんな言い方をされれば、詳しく語られなくとも、察しはついた。

里穂が彩妃とやらの生まれ変わりなら、それはつまり、初代帝を恋い慕うような夢だったということか。

苛立つが、どうにかその気持ちを呑み込んだ。

「記憶ゆえ、里穂の気持ちが初代帝に傾いても、もうこの世にはいない。里穂の夫は俺だ」

「彼もまた、あとを追うように転生していたとしたら、どうでしょうか」

「なんだと？」

喧嘩腰にも感じられる涼介の物言いに、朱道はいきり立つ。

だが朱道をじっと見据える涼介の目は、真剣そのものだった。

そういえば、かつて御殿を襲った悪鬼が『美しい妖狐様。あの御方こそ帝にふさわしい』と陶酔したように言っていたという話があった。つまり、悪鬼を操っているのは妖狐なのだろう。

（妖狐か）

初代帝は妖狐だった。今、悪鬼を操っている反帝派の頭も妖狐。

妖狐の数が多いとはいえ、これはただの偶然だろうか？

妖狐が御殿を襲ったのは、帝である朱道ではなく、里穂の夫である朱道を狙ったためとも考えられる。

「里穂様が夢を見るようになったのは、おそらく転生した初代帝と接近したからだと思われます。ふたりの絆は運命ですから」

朱道は押し黙った。

愛してやまない嫁の面影が、脳裏をよぎる。

優しさの内側に秘めた強さ。まっすぐな一生懸命さ。

どんな彼女も愛おしくて仕方ない。

一生をかけて、この手で幸せにしてやると決めている。

「運命の相手などどうでもいい。里穂の夫は俺だ。そんなもの、この手で捻りつぶしてやる」

朱の瞳に燃えるような闘志をみなぎらせ、朱道は唸るように言う。

そのときだった。

ものすごい地響きがして、屋敷全体が大きく揺れる。

（なんだ、これは）

こんな激しい揺れは、あやかし界に生まれて初めてだった。

やまない地響きの最中、視界が徐々に暗くなっていく。

白群青色（びゃくぐんじょういろ）だったはずの縁側の向こうの空が、漆黒に変わりつつあった。

（夜が来たのか？　なぜ急に）

あやかし界には、人間界のように昼夜の区別がない。十六夜（いざよい）と呼ばれる、闇が訪れ月が輝く、年に一度の特別な日を除いて。

しばらくして、ようやく地響きがやんだ。

その頃には、あやかし界は完全な闇に包まれていた。遥か上空に、黄金色の大きな月が浮かんでいる。

涼介が、空を見上げて愕然（がくぜん）とした。

「なぜ、十六夜（いざよい）でもないのに、月が……」

月明かりだけが頼りの室内で、朱道は眉根を寄せた。

何か尋常ならざることが起きている。そんな胸騒ぎがしてならない。

縁側に歩み寄った涼介が、巨大な満月を見上げた。

「もしや……。初代帝と彩妃が出会ったのは十六夜でした。彼の彩妃への想いがいよいよ暴走したのかもしれません。初代帝は、妖狐にしては珍しく、有り余るほどの妖力の持ち主だったそうなので」

涼介の言い分は憶測に過ぎない。

だが朱道の勘が、彼の意見に激しく同意していた。

里穂の身に危険が迫っている――そんな予感がする。

朱道は立ち上がると、足早に部屋を出た。

「いったい何がどうなってるんだ⁉」

「ああ、祟りじゃ！　祟りに違いない！」

突然の夜の訪れに、御殿のそこかしこで使用人達が慌てふためいている。

廊下の向こうから、雪成がドタバタと走ってきた。

「主上、大変です！　突然夜になりました！」

「見れば分かる」

「そのうえ夜になる少し前に、悪鬼が御殿街道で暴れているとの報告がありました！　至急対応が必要と思われます！」

「なんだと？　それをまず先に言え！」

朱道は雪成を一喝する。

「俺はただちに御殿街道に向かう。お前は兵士を連れて現場に向かえ」

「御意」

以前も、反帝派の頭である妖狐は悪鬼を操り、御殿に奇襲をかけようとした。そして今、妖狐だった初代帝と深い関わりのある満月が空に現れるのとほぼ同時に、悪鬼が暴れ回っている。

これは、やはり偶然ではない。

反帝派の頭である妖狐が、転生した初代帝と考えて間違いないだろう。

朱道は飛ぶようにして御殿街道に向かった。

いったいどこから現れたのか、夜を迎えた御殿街道には、子供の大きさほどの緑色の悪鬼が大量に暴れていた。

店頭に並んだ壺を破壊したり、女あやかしの髪を引っ張ったり、河童の頭の皿の水をがぶ飲みしたりと、やりたい放題である。

大勢の不落不落が、口をパクパクさせながら必死に逃げ回っている。あちこちから響く悲鳴の中、赤い不落不落の光が乱舞している様子は、まさに地獄絵図だった。

「きゃー！　おたすけーっ！」

傘化け(かさばけ)が、悪鬼に噛みつかれ、ボロボロになった体で泣き叫んでいる。

朱道は、ケタケタと笑っている悪鬼を傘化けから引きはがすと、壁に向かって勢いよく投げつけた。壁に激突して地面に転がった悪鬼は、気を失っている。

「朱道様！　あああっ、ありがとうございます、助かりました～っ！」

ひとつしかない目からハラハラと涙を流し、繰り返し土下座する傘化け。

その調子で朱道は、悪さをしている悪鬼を続けざまに成敗していった。

悪鬼は妖力が低いため、倒すのに難儀はしない。

だが、何しろ大量発生している。炎術を駆使しても、次から次へと湧いてきて、埒(らち)が明かない。

「美しい妖狐様のためならば、この命を捧げても惜しくはない……！」

「妖狐様、ああ麗し(うるわ)しの我が主(あるじ)よ……！」

悪鬼達は、皆うわごとのように、妖狐を称える言葉を繰り返している。

浮ついた表情は、まるで何かに取りつかれているかのようだった。

なんらかの見えない力が働いているのはたしかだ。

途中で、雪成とともに城の兵士達が駆けつける。

「主上、お待たせしました！　……ってひどい状況ですね！　わわっ、噛みつかれた！　べとべとで気持ちわる！」

腕に噛みついてきた悪鬼を振り払い、涙目になっている雪成。だがすぐに、今度は別の悪鬼に脛をかじられていた。

「いったいどこからこんなに悪鬼が湧いてくるんですか！　まるで砂糖にたかる蟻のようですね……！　わっ、寄るな、あっち行け！」

朱道は方々に炎を放ちながら、兵士達に告げる。

「三班に分かれろ！　一班は悪鬼の退治、二班は民の保護、三班は怪我をしている者の救護にあたれ！」

「御意」

兵士達によって、御殿街道にいた民が次々と保護されていく。怪我をした者は、治療のため、牛車に乗せられ御殿へと運ばれた。

だが悪鬼は、倒せども倒せども絶える気配がない。

次第に、朱道も汗だくになってきた。

「キヒヒ……ッ！」

「妖狐様、我らが妖狐様……！」

いつの間にか、御殿街道に暗闇が広がってきていた。明かりを灯していた不落不落が、どこかに飛んで逃げていったようだ。

大きな満月だけが、上空で煌々と輝いている。

白群青色の世界を見慣れた者からすると、異様な光景だった。

悪鬼を立て続けに三十匹放り投げたところで、朱道は暗闇の中、額に浮かんだ汗を拭った。

悪鬼退治に終わりは見えない。

だが完全に退治しないと、御殿街道は壊滅するだろう。

（里穂は無事なのか）

涼介と話していたときから、そのことばかりが気になっている。

今すぐ育児舎に行き、里穂の安全を確認したいが、民を捨て置いて私欲に走るわけにはいかない。

「キヒーッ！　憎らしい、偽物の帝め……っ！」

また一匹、前方から飛びかかってきた。

ため息を吐きつつ、伸ばした腕で首を捻り上げようとしたが、その前に悪鬼の体が地面に叩きつけられる。

「このこのっ！　喜色悪いやつめっ！」

「キキーッ！　妖狐さまぁぁ……っ！」

朱道の目前で、鍬(くわ)を片手にげしげしと悪鬼を踏みつけていたのは雪成だった。

「ごめんなさい……っ！　もう悪いことはしません……っ！」

悪鬼が音(ね)を上げてぐったりしたところで、雪成が勝ち誇った顔をして朱道を振り返る。

「主上、お后様のことが気になって、仕方がないんでしょ？　ここは僕達にお任せください。こいつら数は多いけど弱いし、主上がいなくても問題ありません」

朱道は目を見開いた。頼りなく、いつも腹立たしいことばかりやっている雪成が、輝いて見える。

さすがは苦楽を共にした友だ。

朱道の考えることなどお見通しといったところなのだろう。

「恩に着る」

朱道は端的に礼を述べると、御殿街道を抜け、育児舎のある路地裏へと急ぐ。

途中、足音がして振り返ると、涼介がついてきていた。いつの間にか御殿を抜け出し、朱道とともに悪鬼退治をしてくれていたらしい。

人間とはいえ高度な異能を使える涼介は、高位あやかしに負けないほどの力を持っている。

育児舎の中に入ると、遊戯室で、皆が一ヶ所に集まって震えていた。

真っ暗な室内は、中央に灯されたろうそくの明かりだけが頼りだ。

「ああっ、しゅどうさまだポン！　これで安心だポン！」

「やったー！　しゅどうさまが来てくれたポンッ！」

「ねえねえ、どうして急に真っ暗になったの？　怖いよー！」

朱道に気づいた子供達が、助けを求めるようにわらわらと集まってくる。

あたりを確認したが、建物も子供も無事なようだ。大人のあやかしも、怯えた顔をしつつも怪我はない。どうやらここは悪鬼に襲撃されていないようだ。

朱道は子供達の頭を順々に撫でつつ問いかけた。

「里穂はどこだ」

すると、従業員のひとりが、おそるおそるといったように前に進み出る。

「それが、暗くなる直前、いなくなった樹を捜しに行ったきり姿が見えないのです」

（やはり）

朱道は、吐息が震えそうになるのをどうにかこらえた。

勘は鋭い方ではないが、悪い予感ほど的中するものだ。

里穂を求め、その足で育児舎を出る。とはいえどこに行ったのか、皆目見当がつかない。

考えても答えが出ず苛立っていると、暗がりの中、庭の隅にしましまの尻尾が見えた。

里穂が鈴音と呼んでいた狸あやかしの少女が、震えながらしゃがみ込んでいる。

朱道は彼女に歩み寄った。

「そんなところにいたら危ない。お前も中に入れ」

「あ……、あんたは……」

鈴音が、顔を上げて朱道を見る。

緑色の大きな目には、はっきりと見て取れるほどの怯えが浮かんでいた。

「さっき、信じられないものを見てしまったのさ……」

そう言ったあとで、はたと口をつぐむ鈴音。それから激しくかぶりを振り、何かを恐れるように「なんでもないのさ」と繰り返す。

この少女は、里穂の行方を知っている。

そう確信した朱道はしゃがみ込み、真っ向から鈴音と向き合った。

「何を見た？　言うんだ」

朱道の力のこもった眼差しに、鈴音がハッとしたように瞳を揺らめかせる。

瞼(まぶた)を伏せて逡巡したあと、鈴音は再び潤んだ目で朱道を見た。

「……言っても、あたしみたいな子供のことは信じないさ。みんなそうだったのさ」

「案ずるな。必ず信じる」

「本当か？　あんた、帝なんだろ？　そんなえらい人が、あたしみたいな下っ端のあやかしの言うことを信じるっていうのか……？」

「下も上もない。お前が信頼できるあやかしだということは、面構えを見れば分かる」

実際、朱道はそうやって今の地位まで昇りつめた。飾りにすぎない身分や肩書など、まったくあてにしていない。信頼できる相手かどうかは、目を見れば自ずと分かるものだ。

固い意思を込めて言うと、鈴音が目を見開いた。

それから、しどろもどろに語り出す。

「あたし、樹を捜していたときに見ちゃったのさ……。小さかった樹が、突然大人の妖狐になって、気絶した里穂をさらっていくのを。慌てて追いかけようとしたら、地響きが起こって進めなくなって、どうにもならなかったのさ……」

「――大人の妖狐になった？」

朱道は、低く唸るように言った。

「やはり、そうでしたか」

ふいに声がした。

涼介がいつの間にか後ろにいる。ずっと朱道のあとを追っていたようだ。

厳しい顔をして、涼介が語る。

「あの妖狐の少年こそが、初代帝の記憶を持つ者なのかもしれません。里穂様への執着心が、少々異常と聞きましたので」

朱道は、樹の面影を思い出す。

たしかに、里穂への執着を露にしていたあの目には、子供らしからぬ違和感を覚えたこともあった。

「里穂様のもとに来たのも、おそらくは前世の記憶に導かれてのことでしょう。そして傍にいることで、彼の中に眠っていた、初代帝の彩妃への想いが暴走したのかもしれません」

（唐突に夜が訪れる直前、この世界を揺るがしたあの地響きは、樹の仕業ということか？　そういえば――）

以前に樹が逃げ出し、花菱家に捕らえられた際、屋敷が崩壊しているのを見た。

あれもきっと、樹の無意識の所業だったのだろう。

初代帝は、妖狐ながら、相当な妖力の持ち主だったと聞く。記憶とともに力も蘇ったと考えられる。

朱道は、ぎりっと歯を食いしばった。

大人の姿になった樹は、前世の自分の妻を我が物にするつもりなのだ。

朱道の頭に血が上り、燃えるような怒りが込み上げてくる。

だが大きく息を吸い込み、無理矢理それを呑み込んだ。

里穂とともにいることで、学んだのだ。

怒りで我を忘れた先には、自滅が待っている。あやかし界の頂点に立つ者として、そして里穂の夫として、冷静に物事を考えなければならない。

樹は、おそらく初代帝の記憶を持っている。

だが彼は、あくまでも記憶を持っているだけ。

本来の樹は、少々生意気だが無邪気な、年端もいかない少年だ。

救うべきは、愛する嫁だけではない。

この世界の未来を担う子供である、樹にも手を差し伸べるべきだ。

それから――

「前世の記憶から里穂への執着心が暴走し、結果としてたくさんのあやかしを傷つけるなど、初代帝も望んでいないだろう。彩妃への執着ゆえ、気持ちの制御ができなくなっているのだ」

朱道の言葉に、涼介も頷いた。

「そうですね……。彼自身も、苦しんでいるのかもしれません。里穂様をさらったところで、先は見えないのですから」

（里穂）

朱道は、肌身離さず懐に入れている〝恋づつ袋〟を着物の上から握りしめる。

赤い袋を生成り色の紐で結わえたその小さな袋は、里穂が手ずから縫って朱道に贈ってくれたものだ。

あやかし界の頂点に立っているとはいえ、朱道は決して強い心の持ち主ではない。

心の弱さを、力の強さや勝気な態度で、必死に見せないようにしてきただけだ。

だが里穂は、朱道の心の弱さに気づき、邪険にされようと冷たくされようと、寄り添ってくれた。〝恋づつ袋〟を握りしめることによって、自分にはない彼女の心の強さを分け与えてもらえたような気になった。

「娘。里穂が連れ去られた現場はどこだ？」

「あの通りをまっすぐ行った先なのさ」

鈴音とともに、その場所に急ぐ。

暗闇の中、鬱蒼と草が生い茂るそこの奥には、朱塗りの祠がたたずんでいた。

祀られている狐の石像が、闇間からじっとこちらを見ている。

「気づいたらいなくなっていて、どの方向に行ったかも分からないのさ」

鈴音が、丸い耳をシュンと垂れながら言う。

「妖狐が里穂様を抱いて去ったのなら、相当目立つはずです。目撃者がいないか、僕は聞き込みをしてきますね」

涼介がそう言い残し、どこかに消えた。

「役に立てなくて申し訳ないのさ……」

「大丈夫だ。気にするな」

しょげる鈴音の背中を軽く叩くと、朱道はあたりを見渡した。

（付喪神が呼び出せそうな物は――）

朱道は、付喪神との対話を得意としている。付喪神は古い物や愛着を持たれた物に宿る神で、朱道は彼らの記憶を見ることができる。これまで何度も彼らの力に助けられてきた。

だがこの場所は、草が鬱蒼と生い茂るばかりで、付喪神が宿っていそうな物はなかなか見つからない。

唯一呼び出せたのは祠に備えられていた朽ちた茶碗だったが、付喪神の記憶は曖昧で、里穂の行方を知る手がかりにはならなかった。

（どうしたものか）

思案に暮れていると、涼介が戻ってくる。

必死になって目撃者を探していたようで、いつも涼しい顔をしている彼が、肩で激しく息をしていた。

「目撃証言はまったくありませんでした。闇に紛れて姿をくらましたか、妖術を使った可能性があります」

「そうか」

朱道は内心焦りでいっぱいだった。

愛しい嫁を取り戻したいと、全身が渇望している。

それなのに、手がかりはいっさいない。

だがここで冷静さを欠いてしまえば、より里穂を取り戻しがたくなるだろう。

（本当に手がかりはないのか）

朱道は懸命に思考を巡らせた。広く視野を持てば、何かが見えてくるかもしれない。

初代帝の彩妃への執着、大人の妖狐へと姿を変えた樹、突然訪れた十六夜――

やがて朱道は、思い至った一筋の考えに賭けてみる。

涼介に問いかけた。

「お前は初代帝と彩妃の伝聞を、子供の頃から繰り返し読んだと言っていたな」

「『彩妃異録集』ですね。はい、そのとおりです」

「ふたりが出会ったのはどこだ？」

涼介が虚を衝かれたように朱道を見た。

「はっきりとは分からないのですが、竹藪のようなところが描かれていました」

「竹藪……」

「人間界とあやかし界の通い路がある場所で、どちらにも同じような竹林が広がっていると別の書物で読んだことがあります。あやかし界の竹林を奥に進むと、突然夜になって、いつの間にか人間界に来ていたことに気づくとか」

（あそこか）

通い路のひとつに、広大な竹林がある。以前里穂と出かけたときに、見かけた場所でもあった。

朱道は身を翻した。急がねばならない。

だが涼介が追ってくる気配がして、いったん足を止める。

「お前はここに残れ。嫁を救うのは俺の役目だ」

振り返り、有無を言わさぬ口調で言う。

「――これまでの協力に感謝する」

礼を言うのは性分に合わない。ましてや、一度里穂に手を出しかけた彼に下手に出るのは、自分の矜持が許しそうにもなかった。

それでも、彼がいなければ、事態はより深刻化していただろう。

上に立つ者として、礼儀は尽くさねばならない。

「御意」

涼介は片膝をつくと、頭を垂れた。

「何卒お気をつけて……我が主上」

粛々と放たれた声から、彼の忠誠心が伝わってくる。

この男のことだ。本音では朱道ではなく里穂にその身を捧げているのだろうが、それでも彼は従順だった。

朱道は涼介をその場に残し、黄金色の満月が浮かぶ空の下、通い路のある竹林へと急いだ。

※

ふわふわと、里穂の体が浮いている。
誰かの腕に、運ばれているようだった。
とてつもなく不安なのに、なぜか心地いい。
おそらく、朱道に抱かれて運ばれたときのことを、思い出すからだ。
――そなたが愛しい。
ああ、また夢か。
――こんなにも愛しいぞ。
切羽詰まったような声色。
知らない男の声なのに、胸の奥がぎゅっと疼くのはなぜだろう。
そして、たまらなく泣きたい気持ちになる。

やがて、白く長い髪の男が目の前に現れる。

(え……?)

困惑したのは、今までの夢と違い、彼の顔がはっきりと見えたからだ。

切れ長の菫色(すみれいろ)の目、流れるようにきれいな鼻梁(びりょう)、薄い唇、淡雪のように真っ白な肌。

(きれいな男性(ひと))

そしてどこか神秘的だ。

そういえば、気を失う寸前、彼を見た。樹が突然、大人の妖狐に姿を変えたのだ。

(これが夢ということは、あれも夢だったの……?)

困惑しつつもホッとする。

微笑むと、白狐も目を細めて微笑み返してくれた。

彼の頬に向けて、手を伸ばす。

夢なのだから、すり抜けてしまうだろうと思った。

それなのにひんやりとした感触がして、半分眠った状態だった里穂は完全に目を覚ます。

漆黒の闇の中、黄金色の巨大な月を背景に、純白の美しい妖狐が里穂を見下ろしていた。

ガバッと身を起こし、あたりを見渡す。

「ここは……？」

周囲には、鬱蒼と竹が生い茂っている。どこまでいっても竹、竹、竹。

かなり奥深いところにいるようだ。

動揺していると、手首にひんやりとした感触がした。

目の前にいる白狐が、自分の頬に触れた里穂の手首を捕らえていた。

底知れない威力を秘めた菫色の目が、じっと里穂を見つめている。

「あなたは……」

この世界に気温などないはずなのに、空気がキンと冷えているような、奇妙な感覚に襲われた。

怖いほどの静けさの中、ゆっくりと鼓動を刻む自分の心臓の音が、やたらと耳に響く。

（樹……ではないわね）

里穂は気を失う寸前、たしかに樹がこの妖狐に姿を変えたのを見た。

だが里穂の本能が、彼は樹ではないと言っている。

そのうえ里穂は、もう大分前から、彼を知っているような気がした。

《ようやく会えた、愛しい私の妻よ》

(妻……？)

白狐が発した言葉に、里穂は耳を疑う。

そんなわけがない。里穂の夫は、朱道ただひとりだからだ。

「あの、私はあなたの妻ではありません。人違いでは……」

そう反論したものの、なぜか鼓動が加速していく。

心のどこかで、妻と呼ばれたことに歓喜していた。

(何、どういうこと……？)

妻と呼ばれたことに嫌悪感を抱く自分と、歓喜している自分。

ふたつの真逆の思いが心に混在していて、混乱する。

まるで、自分ではない別の心が、体の奥底に巣くっているかのようだ。

だが、菫色(すみれいろ)の目で熱い視線を向けられると、それらについて考える力も削ぎ取られていく。

《悲しいことを言うでない。そなたに会えるのを待ち焦がれていたのに》

「でも、私はあなたを知りません。たぶん……」

白狐が、寂しげに笑う。

それから里穂の手首を握っていた手を離し、今度は頬に触れてくる。

瞬間、里穂の脳裏に、走馬灯のように映像や感情が流れ込んできた。

大きな黄金色の月が浮かぶ夜、竹林の奥で出会った白い狐。

握り飯を、美味しそうにむしゃむしゃと頬張る狐の姿。

初めて彼が人型になった姿を見た日。真っ白な髪を夜風になびかせた、優しい目をした青年に、瞬く間に恋をした。

——夫婦になろう。

そう告げられたとき、世界が輝いて見えるほど歓喜したのを覚えている。

——一生そばにいると誓おう。未来永劫、この世の何よりも美しい私の妻よ。

強く、優しく、そして美しい白い妖狐。

(やっぱり私は、この方を知っているの……？)

こんなにも自分で自分が分からないことなど、生まれて初めてだ。

自分の頬に触れる彼を、震えながらじっと見つめる。

《気が遠くなるほど長い間、暗闇の中で、そなたが再び現れるのを待っていた。そなたをひと目見るだけでいいと思っていた。それが私の望んだことだ》

心地よい音色を奏でる声が、鼓膜を揺らす。

《だが、気が変わった》

白狐が言葉を紡ぐたびに高鳴る鼓動は、いったい誰のものなのか。

《やはりもう一度、そなたを我が物にしたい》

切実な眼差しから、溢れんばかりの愛情が伝わってくる。

やがて魂を抜かれたように、里穂は何も考えられなくなった。

白狐の手が、頬をすべり、髪を愛しげに撫でてくる。

ただただ、目の前の美しい彼に身を任せてしまいたくなる。

白狐の顔が近づいてきて、里穂は本能的に目を閉じた。

だが。

――『俺も愛している。この命を捧げても惜しくないほどに』

瞼(まぶた)の裏側で、燃えるような朱の瞳をした彼の姿が、閃光のように弾ける。

――ドンッ！

瞬間、里穂は白狐を夢中で突き放していた。

（……私、どうしてこの方に身を委ねそうになっていたのかしら）

己の所業に寒気がする。

朱道以外の者を求めるなど、望んでいるわけがないのに、まるで見えない力に引き寄せられたかのようだった。

顔を上げると、白狐が悲しげに里穂を見下ろしていた。

里穂は静かに妖狐を睨みつけた。

「樹はどうしたのです？」

《あれは、ただの記憶が入った器にすぎない》

にこっと微笑み、答える白狐。

「記憶が入った器……？」

《そうだ。こうしてお前に会うために、かつての姿を取り戻した今、もはや必要ない》

「必要ないって……」

里穂の背筋を怖気が走る。

樹のあどけない笑顔が浮かび、胸が軋んだ。

白狐に向かい合い、強く言い放つ。

「樹を返してください」

《何を言ってる？　こうしてまた会えたというのに》

白狐が理解できないといったふうに首を傾げた。

「樹に会わせてください」

《私よりも、あの幼子に会いたいというのか？》

白狐の声が、絶望に沈んでいく。

「私にはよく分からないのですが……。あなたはたぶん、もうとっくに死んでしまったのではないのですか？」

白狐が目を見開いた。

「けれど、樹の一生はこれからなのです」

あの体を、樹に返してやらねばならない。

それは分かっている。自分は絶対に、間違った選択をしていない。

それなのに、躊躇もしていた。

《目を覚ませ、我が妻よ》

「私はあなたの妻ではありません」

《そんなことを言うな。泣きたくなるではないか》

言葉どおり、白狐が泣きそうな顔で微笑んだ。

彼のその表情に、たまらない既視感を覚える。

類を見ないほどの妖力と権力を持っていたが、すぐに泣いてしまう子供のような男性（ひと）だった。

そして、誰よりも優しい男性（ひと）。

溢れんばかりの気持ちが込み上げて、心が震える。

だが里穂はもう、惑うことはなかった。

この感情は、自分のものではない。誘惑されてはいけない。

樹を取り戻し、朱道のもとに帰ることこそが、里穂の使命だ。

《後生だから……》

白狐が、救いを求めるように里穂に向けて手を伸ばした。

「……っ⁉」

次の瞬間、目に見えない強大な力が、里穂を白狐の方へと引き寄せる。

抗おうにもどうにもできず、里穂は自らの意志とは裏腹に、じりじりと白狐の方へ近づいていった。

白狐が、嬉しそうに目を細め、両手を広げる。

《そうだ、早く我が胸に戻ってこい》

その瞬間、里穂と白狐の間に、流星のように炎の玉が落ちてくる。ジュッと音を立てて炎が燃え上がったとたん、見えない力に拘束されていた里穂の体が、ふわっと軽くなった。

ザッと、雪駄が土を蹴る音がする。

振り返ると、竹林の中に朱道の姿があった。

「やはりここだったか」

「朱道様……！」

里穂の口から、弾けるような明るい声が出る。

心に巣くっていたもうひとつの心が割れたかのように、妖狐に惹かれる想いが跡形もなく消えていた。

これまでそうであったように、朱道への想いで胸が満たされる。

だがその刹那(せつな)、ただならぬ冷気を感じた。

白狐が、静かに朱道を見つめている。

落ち着いた雰囲気だが、瞳はぞっとするほど冷ややかで、今までの優しい雰囲気からはかけ離れていた。

得体の知れない恐怖が、里穂の足元から這い上がってくる。

《そなたが、今生の帝か》

白狐が、朱道に問いかけた。

朱道は警戒の表情を浮かべながらも、里穂の方へと近づいてくる。

「ああ。彼女の夫だ」

朱道がそう答えたとたん、白狐がまなじりを吊り上げた。

その直後――

――ドンッ！

視界全体が白い光で染まるとともに、大きな爆発音が轟(とどろ)いた。

白狐が、巨大な妖気を放ったのだ。

周囲の竹林が、広範囲にわたって燃え、煙の臭いが立ち込める。

だが不思議なことに、里穂は傷ひとつ負っていない。

(なんて凄まじい妖力なの。こんなの見たことない)

あまりの破壊力に、里穂は恐れおののいた。

朱道、酒呑童子、涼介。これまでさまざまな妖力や異能の力を見てきた。白狐の力は、それらすべてを凌駕(りょうが)している。

(朱道様……!)

慌てて朱道を探すが、先ほどまでの場所にいなかった。周りの状況を見ると、木っ端みじんになっていてもおかしくない。

絶望に襲われたとき、上空から影が落下してきた。

焼け野原となったそこに着地したのは、朱道だった。

どうやら攻撃をギリギリで躱(かわ)し、上空に避難していたようだ。

だがホッとしたのも束の間、再びドンッという爆音とともにあたりが揺らぐ。

「きゃ……っ!」

思わず身構えたが、里穂は今回も爆発に巻き込まれることはなかった。まるで里穂の周りに、見えない壁でもあるようだ。

その後も、間髪を容れずに爆音が轟き、閃光が弾ける。

着物の裾が燃えたものの、朱道はほぼ無傷だった。

放たれた妖気を自らの妖気で打ち消したり、上空に逃げたりを繰り返している。

白狐が立て続けに強大な妖力を放ってくるものだから、朱道から攻撃を仕掛ける余裕がないのだろう。

そして、やはり体力には限界がある。

何度目になるか分からない攻防戦のあと、朱道は激しく息を乱していた。

里穂はハラハラしながら、その様子を見守る。

何もできない無力な自分がもどかしい。

(このままでは、朱道様の身が危ないわ)

生い茂っていた竹林はかなり広く燃え、更地となっている。

そのせいか、漆黒の空に浮かぶ月が、よりいっそう大きく目に映った。

息も絶え絶えの朱道を、白狐は眉尻を下げ、悲しげに見下ろしている。

《私はそなたが嫌いではない》

これほど朱道を苦しめておきながら、そんな言葉を放つ白狐。

声音からそれが彼の本心であることがうかがえ、余計にうすら寒い気持ちになる。

《だが、私から彩妃を奪う者は、皆敵だ》

妖狐の双眸が、再び鋭くなった。

ドンッと、鼓膜が痛くなるほどの爆音が響く。

雷鳴とも地響きとも判断のつかぬ音だった。

これまで以上に激しい閃光にあたりが包まれ、一瞬、漆黒の夜空が白く染まる。

その後、しばらくの間、まるで嵐のような強風が吹き荒れた。

それがやんだあと、焼け野原には、傷だらけの朱道が倒れていた。

着物のあちこちがすり切れ、皮膚からは血が滲み、かろうじて息をしているように見える。

「朱道様……っ！」

全身に鳥肌が立つほどの恐怖が、里穂を襲った。

朱道への強い愛情が溢れ出し、煮えたぎるほど胸を熱くする。

肩下まで伸びた髪がふわりとなびき、金色の光が体から発せられるのが分かった。

（この感覚……、覚えがあるわ）

惚気の才だ。

惚気の才には、愛する者が窮地に陥った際に救う力がある。この類稀なる異能によって、里穂は過去にも朱道を救ったことがあった。

――だが。

突然、見えない力に押さえつけられたようになって、温もりが消えていく。

金色の光が薄れ、覚えのあるあの感覚が完全に失われた。

（力が消えた？　どういうこと……？）

里穂は呆然として、自分の両手を眺めた。

自らが発した金色の光は、もうどこにもない。

何ごともない、いつもどおりの自分の手である。

《彼だけは、何があっても守り抜くわ》

そのとき、里穂の頭の中に、直に誰かが語りかけてきた。

意志の強そうな、女の声だ。

里穂は目を見開く。

(今のは誰の声……?)

わけが分からず、両手が震えた。

朱道を守りたいと思っている。その一方で、なぜか白狐も守りたいと思っている。

ふたつの相反する想いが、相変わらず里穂を苦しめていた。

自分でも信じられないことだが、里穂はたしかに、朱道を傷つけているあの白狐を守りたいと思っている。

だからきっと、惚気(のろけ)の才が力を発揮しなかったのだ。

(どうして? 樹が変化した姿だから……?)

そういうわけでもないような気がする。

心の奥よりもさらに深いところで、白狐を守りたいと切に願っていた。

里穂は、愕然(がくぜん)として地面に膝をついた。

自分で自分が分からなくて、恐怖しかない。

(こんなにも愛しているのに、救えないなんて)

不甲斐なさで、どうにかなってしまいそうだ。

目から溢れた涙が、頬を伝っていく。

泣きたくないのに、朱道を守れる強い后でありたいのに、涙が止まらない。

《……どうして泣く？》

里穂の異変に気づいた白狐が、問いかけてくる。

菫色(すみれいろ)の目には、今まではなかった動揺が見て取れた。

《泣かないでくれ、私はお前が泣くと悲しい》

白狐が、うろたえたように、里穂に近づいてきた。

「こ、来ないで……！」

反射的に、里穂は後ずさる。

白狐は、目に見えて傷ついた顔をした。

そのとき、一陣の炎が、里穂に歩み寄ろうとしている白狐を取り巻いた。

白狐が、ハッとしたように朱道を振り返る。

傷だらけの朱道がいつの間にか立ち上がり、片手を突き出して、射るように白狐を睨みつけていた。

――バンッ！

手をかざし、爆風で炎を消し去る白狐。

だがすぐさま、再び龍のような炎が白狐を取り巻く。

「く……っ！」

再び爆風を起こしたものの、白狐の表情にはもう余裕がなかった。

《妖力を温存し、機会をうかがっていたのか》

顔に焦燥を滲ませた白狐が、手を上げ、再び閃光を起こす。

だが起こった閃光に先ほどまでの威力はなく、朱道を巻き込む前に掻き消えてしまった。

白狐が、愕然と目を見開き、声を震わせる。

《なぜ……》

「里穂の涙を見て動揺したか」

間髪を容れずに、朱道が炎を放った。火炎に取り巻かれ、白狐が顔を歪める。

閃光を放ってどうにか炎を弾き飛ばしたものの、その威力はさらに弱まっていた。

「彼女が涙を流したのは、俺のためだ。里穂は俺だけを愛しているのだから」

白狐が、悔しげに歯を食いしばる。

朱道は容赦なくまた手を伸ばし、今度は炎の柱を起こした。

白狐の体が、それに呑み込まれる。

力ない閃光を繰り返し放ち、どうにか炎の柱から抜け出したとき、白狐は疲弊しきっていた。

白い尻尾は覇気(はき)なく垂れ、肩で大きく呼吸をしている。妖力を使い果たしてしまったようだ。それとも、なんらかの精神的な弊害(へいがい)で、思うように操れなくなってしまったか。

白狐が、力なく地面に膝をついた。

傷だらけの朱道が、そんな彼のもとに歩み寄り、冷酷な表情で見下ろす。

「そなたが求めているのは里穂ではない。彼女の中の己の妻だ」

白狐が、呆然と朱道を見上げる。

「そなたは里穂を知らないだろう。彼女がこれまで、どれほど苦しみ、悩み、懸命に生きてきたかを。そして今も、あやかし界の未来のために、日々奔走していることを」

白狐の菫色(すみれいろ)の目が、悲しげに揺らぐ。

「俺はそんな里穂のすべてを愛している。そして彼女を幸せにする自信がある。本当の意味で里穂を愛していないそなたには、無理なことだ」

白狐が、項垂れたまま里穂に目をやった。

《想いだけが具現化したこの体では、もう限界らしい。もう少しそなたとともにいたかったが……。お前はこの鬼を愛しているのか？》

「はい、もちろんです」

里穂は声を張って答える。

《……そうか》

固い意思を宿した面持ちの里穂を見て、白狐がうっすらと微笑んだ。今しがたまで、愛する夫を傷つけていた者とは思えない穏やかな眼差しに、里穂は思わずドキリとする。

白狐の目に、みるみる涙が浮かんでいく。

（泣いてる……？）

里穂の胸の奥がズキリとした。

朱道を傷つけた憎き相手とはいえ、里穂はなぜか白狐を憎めないでいた。

心の奥に巣くった、謎の気持ちからだけではない。

里穂自身が、彼に対して好感を抱いている。

時折見せる柔和な印象のせいだろうか。

白狐がはらはらと涙を流した。

《あの時代にも、そなたのような者がいればよかったものを。私は、あやかし界を統べる者になどなりたくなかったのだ》

神秘的な空気を放ちながらも、愚痴のような言葉をこぼす白狐。

（あやかし界を統べる者……？　もしかして）

里穂はここにきてようやく、白狐の正体に勘づいた。

あやかし界の初代帝が白い妖狐だったことは、書物で読んだ。

彼は、何かをきっかけに蘇ってしまった初代帝の霊体だったのだ。

《だが、愛する者を守るべく、ならざるをえなかった。だから愛する我が妻が死んだとき、その地位を手放した。私にとっては愛する妻こそが世界のすべてで、帝の地位などどうでもいい飾りであったから》

白狐が、訥々と語る。

里穂は、不思議な気持ちになっていた。

初代帝の存在は、この世界において神に等しい。あらゆる伝承に登場し、人々に崇められ、そしていまだに敬愛されている。

それなのに今目の前にいる彼に、その印象は重ならない。

想像よりもずっと庶民的で、親しみやすい印象を受けた。

「俺も同じだ。帝になどなりたくなかった」

涙を流す白狐を見つめながら、朱道が言った。

「だが今は、俺のためによい后になろうと努力している妻のために、死ぬまでこの世界に身を捧げると、心に決めている」

朱道の言葉が、夜の世界に凛と響いた。

(朱道様が、そんなことを考えていたなんて)

后にふさわしくあるよう、奮闘している自分だけではない。

朱道もまた、帝としての自分の生き方を模索し続けていたのだ。

そんなことにも気づけなかった自分の愚かさに、里穂は今さらのように気づいた。

《そうか。そなたは強いな。そなたの方がよほどこの世界を統べる才があるようだ》

白狐が、朱道に向かって目を細める。

《この世界の未来は輝かしい。めでたいことだ》

フッと微笑み、白狐はまた涙をこぼした。

そのときだった。

《――何年経っても泣き虫ね》

ふいに声がして、里穂はハッと顔を上げた。

先ほど、自分の頭の中に響いた声と同じだったからだ。

だが今度は頭の中ではなく、間違いなく耳に響いた。

里穂の体から、夜の闇へと、金色の濃霧がゆっくりと溢れ出ている。

里穂が驚く間もなく、金の霧はまっすぐ白狐の方に向かっていった。

里穂は目をみはった。

まるで星雲のように輝く濃霧の中に、着物をまとった女性の姿を見たからだ。

腰まで伸びた、漆黒の髪。そして、見事な色彩の十二単。

面立ちは優しげだが、その目からは芯の強さが滲み出ている。

白狐の目が、これでもかというほど見開かれた。口元を震わせた白狐が、泣きながら破顔する。

《ようやく会えた。我が愛しの妻よ》

《あなた、ちょっと泣きすぎよ》

白狐に歩み寄った女性が、白狐の両頬をむにっとつまんだ。

すると白狐が、子供のようにえぐえぐと泣き出した。

それから、ガバッと力強く目の前の女性を抱きしめる。

女性も白狐を抱きしめ返すと、あやすようにその背中をポンポンと撫でた。

《あやかし界初の帝の風格が台無しじゃない》

《そんなことはどうでもいい。ああ、会いたかった……》

《まったく、仕方がないわね。でも、あまり時間がないの》

女性が白狐から体を離し、今度は優しく彼の頬を両手で包み込んだ。

そして、白狐に向かってにっこりと華麗に微笑む。

《これだけは伝えたかった。あなたのおかげで、私、とっても幸せよ》

白狐が、その笑顔に見惚れるかのように呆けた顔をした。

——ありがとうございます。愛しの旦那様。

風のような声を残して、女性の体が金色の濃霧に溶けていく。

それはさんざめく星のように輝きながら、白狐を取り巻いた。

光の中で、白狐が目を閉じる。

その表情は、これまでのような悲しげなものではなかった。

心からの安堵と充足。

やがて白狐の姿は、金の霧とともに消えてしまった。

あとには、何事もなかったかのように、夜の闇が広がっている。

「――朱道様、大丈夫ですか？」

我に返った里穂は、慌てて朱道に駆け寄った。

傷だらけの朱道が、里穂に寄りかかるようにして、ぎゅっと抱きしめてくる。

立て続けに炎を放ってはいたものの、その実、限界に近づいていたらしい。

里穂は大きな彼の体を、きつく抱きしめ返した。

ふたりはそのまま、物音ひとつしない竹林の焼け跡で、目を閉じ静かに抱き合っていた。

感じるのは、どうしようもなく胸を焦がす互いの温もりだけ。

言葉などいらなかった。

同じ時代の、同じこの瞬間に、こうして温もりを分け合えることが何よりも嬉しい。

自分は幸せ者だと、里穂はつくづく思う。

こんなにも愛され、そして愛する人生を歩んでいる。

瞼(まぶた)の向こうが明るくなったような気がして、里穂はそのままの状態で目を開ける。

見ると、夜空が、徐々にもとの白群青色(びゃくぐんじょういろ)に戻りつつあった。

あやかし界を照らしていた大きな黄金色の月も、いつの間にか姿をくらましている。

見慣れたはずの白群青色(びゃくぐんじょういろ)は、どこかいつもよりあたたかみを帯びているように思える。

その光景にぼんやりと視線を向けていた里穂は、あっと声を上げた。

白狐がいたところに、樹が倒れている。

「樹……っ！」

里穂は慌てて樹に駆け寄った。

そっと幼い体を起こすと、目をつむったあどけない顔が露(あらわ)になる。

「むにゃ……」

小さく唸った樹を見て、里穂はホッと息を吐いた。

よかった、眠っているだけのようだ。それに、体には傷ひとつない。

愛らしい白の三角耳も、モフモフの尻尾も、健康そのものだ。

「りほ……？」

樹が目を覚ました。里穂の腕に支えられながら、目をこすり、寝ぼけまなこでこちらを見てくる。

「オレ、どうしてここに……？」

どうやら、初代帝に憑依されていたときのことは、そっくり忘れてしまったようだ。

「気にしないでいいわ。はやくみんなのところに帰って、お布団で寝ましょうね」

里穂は、彼の白い前髪を優しく撫でた。

この年端もいかない少年は、何も知らなくていい。

彼に必要なのは、過去ではなく、輝かしい未来なのだから。

ゆっくりと自分の頭を撫で続ける里穂を、樹はその菫色の目で、やや驚いたように見つめていた。

だがやがて、目から大粒の涙をぽろりとこぼす。

「樹？　どこか痛いの？」

慌てる里穂に、樹はブンブンとかぶりを振ってみせた。

「ううん、体はどこも痛くない。でも、なんだか泣きたい気分なんだ」

ひっくひっく、えぐえぐと、泣き続ける樹。

白狐に体を乗っ取られていたのを本能的に察知して、心になんらかの不調をきたしているのかもしれない。

いつまでも樹が泣きやまないので、里穂は動揺する。

すると、里穂の目の前に影が差した。

——朱道だ。

樹の前に立った朱道が、彼の頭にポンと手を置く。

それから、ぎこちなく、ゆっくりと撫でた。

朱道の手は、樹の小さな頭を丸ごと覆ってしまうほどに大きい。

樹が、菫色(すみれいろ)の大きな目をより大きくして朱道を見上げた。

里穂も、キョトンとして朱道を見つめる。彼は優しい人だが、子供をあやすようなタイプではない。しかも、樹とは大人げなくいがみ合っていたはず。

突然のことに驚いたのか、樹の涙が引いていく。

「泣きやんだか、小童（こわっぱ）」

「うん……」

「考えたんだが」

樹の頭をわしゃわしゃとやりながら、朱道が気まずそうに視線を外して言う。

「お前が御殿に住みたいなら、そうするといい」

「えっ！」

里穂と樹が、ほぼ同時に声を上げた。

どうやら朱道は、以前、樹が里穂と一緒に住みたいと言っていたことを覚えていたようだ。

あのときは邪険に扱っていたが、その実、気にしていたらしい。

「ほんとうか？」

「本当だ、俺に二言はない。育児舎の者達も、話せば理解してくれるだろう」

朱道はそう言うと、樹をひょいと肩車した。

突然視線が高くなったことに、樹が「わっ」と表情を輝かせる。

それからにわかに赤面すると、朱道の髪に自分の顔をうずめた。

そして、そのまま黙り込んでしまう。

やがて朱道の頭の中から、ぼそっと樹が言った。

「……オレが、りほをとっちゃうかもしれないぞ」

「その心配はない。里穂は俺だけを愛しているからな」

「……すごい自信だな」

「当然だ。この世界を統べる者だからな」

朱道が笑った。

その純真な笑顔に、里穂は見入ってしまう。

これほど無垢な朱道の笑顔を見るのは初めてだった。

ぼうっと見惚れていると、ふいに手に温もりを感じた。

朱道が樹を肩車しながら、指を絡めるようにして、里穂の手を握ってきたのだ。

「里穂、そうだろう？」

朱道が里穂の顔を覗き込み、先ほどまでの純真な笑顔とは打って変わった、妖艶な笑みを浮かべる。

「は、はい……」

思わずドキリとして、里穂は火を噴いたように顔を赤らめた。

と、すぐ近くにあった朱道の顔が、ぐいっと後ろにのけぞる。

樹が朱道の角を掴み、勢いよく後ろに引いたのだ。

「おい、角を持つな！」

「持つのにちょうどいいところにあるんだ、みかどなら我慢しろ」

朱道の顔を上から覗き込んで、べーっと舌を出す樹。

「ぐ……っ！」

朱道は悔しそうにしながらも、樹のしたいようにさせている。

歩き出した朱道に寄りそうように、里穂はその逞（たくま）しい腕にもたれた。

あたりはすっかり白群青色（びゃくぐんじょういろ）の景色に戻っていた。

「竹が焼けてしまいましたね」

焼け野原になった光景を見渡しながら、里穂は言った。

「大丈夫だ、またすぐに伸びる」

朱道はそう言うと、自分にもたれかかった里穂の肩を、優しく抱き寄せた。

ああ幸せだ、と里穂はしみじみ思う。

幸せで幸せで、この世に生を受けたことに、今は心底感謝している。

そのままふたり寄り添うようにして、育児舎へと戻っていった。


育児舎に戻るなり、里穂は鈴音に飛びつかれた。

勝気な彼女にしては珍しく、涙目になっている。

「里穂、無事だったのさ！　よかったのさ！」

しましまの尻尾をぶんぶん振る彼女は、いつになく素直でかわいらしい。

里穂はぎゅっと鈴音を抱きしめた。

「樹も元に戻ったんだな！　本当によかったのさ！」

朱道の肩の上にいる樹を見て、鈴音が言う。

「もどった？」

首を傾げる樹に「気にしなくていいのよ」と里穂は微笑みかけた。

すると、奥からドタバタと子供達が駆けてくる。

「あっ、りほだポン！　りほが戻ってきたポン！」

「わ～ん、りほ～！　急に夜になって怖かったポン～！」

鈴音の弟達も、我先にと里穂にしがみついてくる。

「みんな、怖いのによく頑張ったわね。えらかったわ」

「ほんとだポンか⁉　ぼくたちえらい？」

「ええ。とってもお利口よ」

褒められ、エヘヘと照れている狸あやかしの三兄弟。

とそこに、玄関から雪成が転がるようにして入ってきた。

「主上～！　うわっ、傷だらけじゃないですか⁉　何があったんですか⁉」

朱道が樹を肩車したまま、雪成に顔を向ける。

「それよりも、御殿街道の様子はどうだ？」

「暴れ回っていた悪鬼は、夜が終わると同時に、次々とどこかに消えていきました！　あいつらいったい何だったんでしょう？　御殿街道では、兵士達が残って、建物や道の修復作業に当たっています」

「そうか。おそらく、初代帝に心酔していた悪鬼達が、復活を察知して動いていただけなのだろう。初代帝の消滅とともに気力を失ったに違いない」

朱道がつぶやく。

「初代帝？　ええっ、あいつらが言っていた『妖狐様』って、初代帝のことだったんですか⁉　反帝派の頭が悪鬼達を操っていたのではなく、初代帝を推しすぎるあまり、悪鬼達が勝手に盛り上がっていたってことですか⁉」

雪成が、目玉が飛び出る勢いで驚いている。

「じゃあ、もしかして主上のその怪我は、復活した初代帝にやられたんですか⁉　くうう～、僕も見たかったたな、超ド級の伝説のあやかしをっ！」

地団太を踏んでいる雪成を無視して、朱道が樹を肩から降ろし、里穂に向き直った。

「俺は御殿街道に様子を見に行く。お前は樹と御殿に戻れ」

「私も行きます……っ！」

里穂は、思わず大きな声を出していた。

后として、できることがあるなら協力したい。

朱道が驚いたように里穂を見る。

「その、御殿街道の皆が心配ですし……」

后として、というのもあるが、純粋に皆の様子を知りたいというのもある。

朱道が、里穂の気持ちを悟ったかのようにフッと口元をほころばせた。

「分かった、ともに行こう」

「オレも行く！」

すると、今度は樹が朱道の前に歩み出る。

「お前もか？」

もじもじと気まずそうにうつむく樹。

「うん。だから……」

「だから、なんだ？」

朱道が眉をひそめた。

「……だからもう一度、かたぐるましてほしい」

消え入りそうなほど小さな声で、そんなことを言う樹。

（肩車が、よほど嬉しかったのね）

こっそりと微笑む里穂の隣で、朱道も珍しく表情を和らげている。

「いいだろう。おとなしくしているんだぞ」

「うん！」

ひょいっと、再び朱道に持ち上げられ、肩にまたがる樹。

視界が高くなったとたん、樹の表情が輝いた。

「種族はてんでバラバラだけど、本物の親子みたいですね〜」

三人の様子を見守っていた雪成が、ニコニコとそんなことを言った。

初代帝の霊体が蘇り、あやかし界に唐突に夜が訪れたあの日から、およそ十日後。

里穂は朱道とともに、戦いの場となった竹林の様子を見に来た。

植物育成の妖術に長けたあやかしのおかげで、広範囲に渡って焼けてしまった竹林には、既に青々とした若竹が生えている。

元通りになるにはまだ時間がかかりそうだが、心配はなさそうだ。

かなり広大な竹林だったため、焼けずに残った場所もある。

すくすくと若竹が育っている様子を眺めていた里穂は、ふと風を感じた。

（あやかし界に自然の風は吹かないはずなのに、どうしてかしら）

風は、生い茂る竹林の向こうから流れてきている。

じっと竹林を見つめているうちに、里穂はふと、この場所に通い路があることを思い出した。

「朱道様、そういえばこの場所のどこに通い路があるのですか？」

「奥の方だ。行ってみるか？」

「はい」

里穂は朱道に手を引かれ、竹林の中にある小路に入っていった。

どれくらい歩いただろうか。

やがて、竹林の向こうに、白い霧が満ちた不思議な空間が現れる。

霧の先には、ぼんやりと夜空が見えた。どうやらこの霧を抜けると、人間界にたどり着くらしい。

風は、霧の向こうからゆるゆると流れてきていた。

つまり、人間界で吹いている風が、通い路を通ってこちらの世界にまで流れ込んでいるのだ。

「人間界は今、夜なのですね」

「ああ。そのようだな」

朱道と手を繋ぎ、霧越しに、星屑の輝く夜空を見上げる。

朱道に教えてもらったのだが、ここは、初代帝と彩妃が出会った場所らしい。

白狐と人間の少女は、通い路越しに交流を重ね、そして恋に落ちた。

――ほのかに、花のようないい香りがする。

白狐と彩妃の想いが、時を越え、今もこの場所に残っているような気がした。

里穂はしゃがみ込み、両手を合わせると、かつてこのあやかし界を支えた彩妃に向かって祈りを捧げる。

自分と同じ人間でありながら、あやかしを愛し、后になった女性。

(彩妃さん。いつかきっと必ず、あなたに誇れるような后になります)

里穂は心の中で、かつてこの場所にいたであろう彩妃に向かって固く誓った。

ふいに、隣に気配を感じる。

朱道も里穂と同じようにしゃがみ込み、両手を合わせて祈りを捧げていた。

「何をお祈りになられているのですか?」

彼らしくない行動に少し驚き、聞いてみる。

「お前をこの世の何よりも大事にすると、誓っているのだ」

目を閉じたまま、はっきりとした口調で朱道が言う。

思いがけない言葉に、里穂は頬を赤らめる。

朱道は祈り終わると、手を下ろし、真っ向から里穂を見つめた。

夜風の流れる竹林の中で、熱い視線を送られる。

彼の眼差しの深さに気づき、里穂はそっと瞼(まぶた)を下ろした。

やがて、唇に触れた柔らかな感触。

角度を変え、温もりを分け与えるように、二、三度重ねたあと、朱道は里穂の手を取り立ち上がる。

もう、夕刻だ。

今日は一日、育児舎の仕事を休んで、朱道とともに過ごした。

そろそろ預けていた樹を迎えに行き、ともに御殿に帰らなければならない。

「そういえば、二号棟が完成したそうだな」

育児舎に向かう牛車の中で、朱道が言う。

「はい、おかげさまで。これから忙しくなると思います」

里穂は、張り切って答えた。育児舎は大人気で、入舎待ちの子供達があとを絶たない状況だ。三号棟と四号棟の設立も、もう決定している。

「そうか。頑張るお前が見られるのは嬉しい。だが――」

手を繋いだまま、朱道がやや不服げに言う。

「大人げないと思うかもしれないが、たまにはこうして、俺との時間も作ってほしい」

強面の鬼のくせに、拗ねたような顔をする彼が愛しくて仕方がない。

里穂は朱道の指に自らの指を絡め、優しく笑ってみせた。

「はい、もちろんです！」

朱道はしばしの間里穂の笑顔を見つめていたが、やがて顔を赤らめ、視線を外してコホンと咳ばらいをする。

だが絡み合った指先は、より強く握り込まれていた。

「それにしても、お前は本当に子供好きだな。妬いてしまうほどに」

「子供は純粋でかわいいですから。私の心にたくさん安らぎをくれるのです」

「そうか。そんなに子供が好きなら、お前も作ればいい」

「はい！　……って、作る？　えっ？」

勢いあまって頷いてしまったが、とんでもないことを言われたのに気づいて、里穂は声がひっくり返りそうになる。

朱道は顔を赤くしながらも、何かを訴えるような目で彼女を見ている。

恥じらいうつむいた里穂の肩を、朱道が優しく抱き寄せた。

「今夜は寝かせてやれない。覚悟しとけ」

里穂はうろたえつつも、彼の大きな温もりの中で、こくんと小さく頷いた。

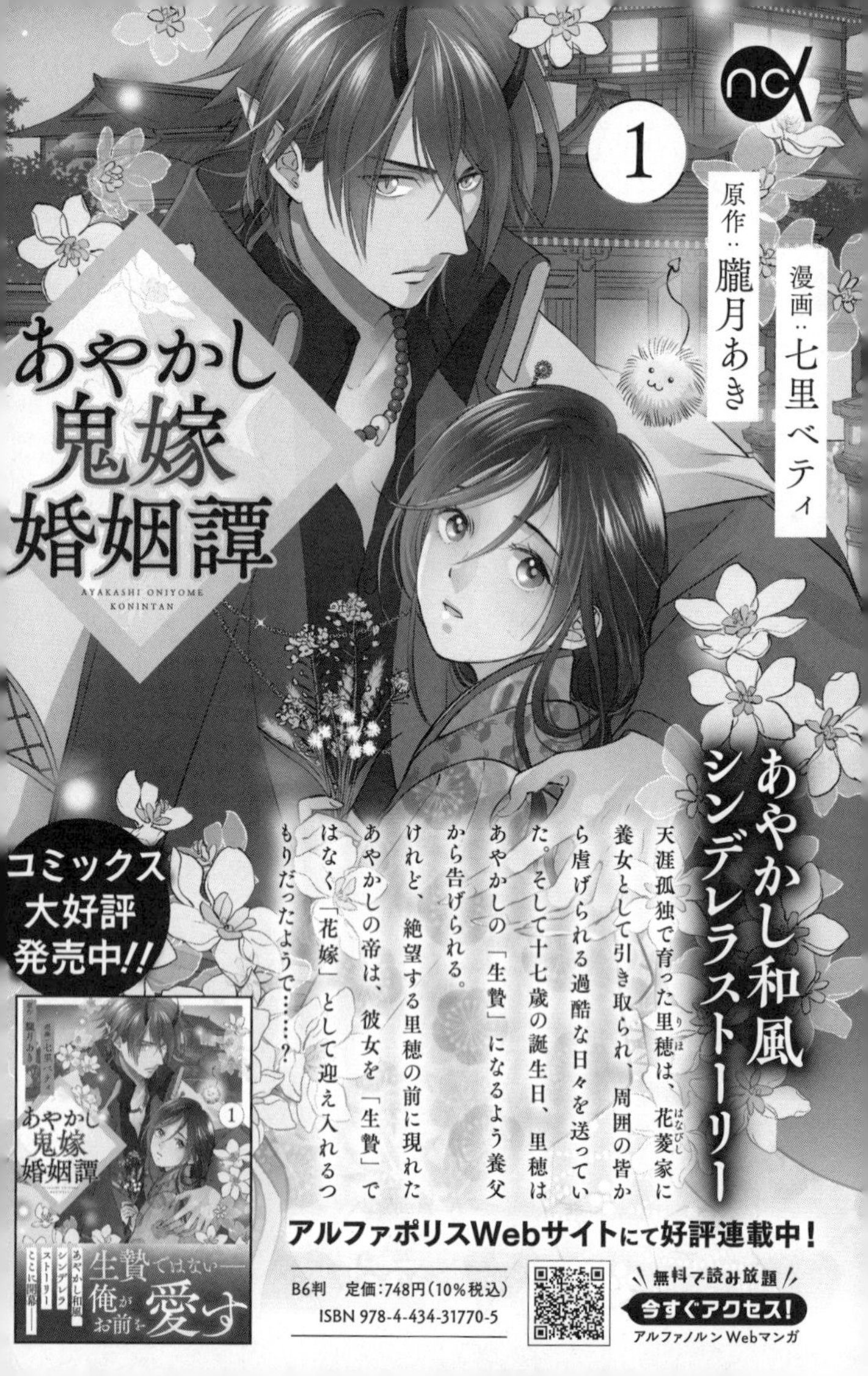

悩めるお狐様と人のご縁、
私たちが
結びます！

失恋を機に仕事を辞め、京都の実家に帰ってきた結月（ゆづき）。仕事と新居を探していたある日、結月は謎めいた美青年と出会った。彼の名は、九重（ここのえ）さん。小さな派遣事務所を営んでいるという。「仕事を探してはるんやったら、うちで働いてみませんか？」思わぬ好待遇に惹かれ、結月は彼のもとで働くことを決める。けれどその事務所を訪れるのは、人間界で暮らしたい悩める狐たちで——神使の美青年×お人好し女子のゆる甘あやかしファンタジー！

◉定価：726円（10%税込）　◉ISBN:978-4-434-32175-7　◉Illustration：Shabon

響蒼華
Aoka Hibiki

大正石華恋蕾物語

贄の乙女は愛を知る

第5回
キャラ文芸大賞
恋愛賞

お前は俺の運命の花嫁

時は大正、処は日の本。周囲の人々に災いを呼ぶという噂から『不幸の菫子様』と呼ばれ、家族から虐げられて育った名門伯爵家の長女・菫子（とうこ）。ようやく縁組が定まろうとしていたその矢先、彼女は命の危機にさらされてしまう。そんな彼女を救ったのは、あやしく人間離れした美貌を持つ男――神久月氷桜（かぐつきひおう）だった。

「お前は、俺のものになると了承した。……故に迎えに来た」

どこか懐かしい氷桜の深い愛に戸惑いながらも、菫子は少しずつ心を通わせていき……

これは、幸せを願い続けた孤独な少女が愛を知るまでの物語。

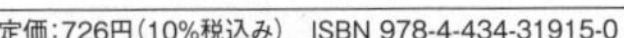
定価：726円（10％税込み）　ISBN 978-4-434-31915-0

Illustration 七原しえ

この作品に対する皆様のご意見・ご感想をお待ちしております。

おハガキ・お手紙は以下の宛先にお送りください。

【宛先】

〒150-6008 東京都渋谷区恵比寿4-20-3 恵比寿ｶﾞｰﾃﾞﾝﾌﾟﾚｲｽﾀﾜｰ 8F
（株）アルファポリス　書籍感想係

メールフォームでのご意見・ご感想は右のＱＲコードから、
あるいは以下のワードで検索をかけてください。

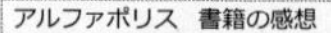

ご感想はこちらから

アルファポリス文庫

あやかし鬼嫁婚姻譚３　～運命を変える鬼の深愛～

朧月あき

2023年　6月　25日初版発行

編集－塙綾子
編集長－倉持真理
発行者－梶本雄介
発行所－株式会社アルファポリス
〒150-6008 東京都渋谷区恵比寿4-20-3恵比寿ｶﾞｰﾃﾞﾝﾌﾟﾚｲｽﾀﾜｰ8F
TEL 03-6277-1601（営業）　03-6277-1602（編集）
URL https://www.alphapolis.co.jp/
発売元－株式会社星雲社（共同出版社・流通責任出版社）
〒112-0005 東京都文京区水道1-3-30
TEL 03-3868-3275
装丁イラスト－セカイメグル
装丁デザイン－西村弘美
印刷－中央精版印刷株式会社

価格はカバーに表示されてあります。

落丁乱丁の場合はアルファポリスまでご連絡ください。

送料は小社負担でお取り替えします。


ISBN978-4-434-32176-4 C0193